숨쉬는

영어교실

숨쉬는 영어교실

언어로 연결되고
넓은 세상을 발견한
고등학교 영어 수업
이야기

신수영 지음

여는글
Prologue

우리가 즐거웠으면 해

학교에 들어서면 아이들의 도란도란하거나 왁자지껄한 목소리가 익숙하게 들려온다. 공간을 메우며 생기를 채우는 소리. 학교가 아이들에게 즐거운 곳이기를, 그리고 아이들과 함께하는 교사들도 건강하고 즐거울 수 있기를 매일 바란다. 우리가 건강하기를, 서로에게 따뜻한 미소를 건넬 수 있는 여유와 체력이 있기를, 날 선 상태로 지쳐 있지 않기를 매일 바란다. 그렇게 함께하는 하루하루가 쌓여 각자에게 의미 있는 시절이 되기를.

10대 아이들로 가득한 직장의 수많은 단점과 장점 중에서 장점 하나를 꼽으라면, 아이들 덕분에 마음 설레고 기쁜 일들이 종종 생긴다는 거다. 직장에서 기쁘고 설레는 마음, 가슴 벅찬 보람을 가끔이라도 느낄 수 있다면 그건 축복이지 않은가. 수업 시간을 비롯해 아이들과 마주하는 모든 순간, 그 특별한 축복을 방해받지 않으려 애를 썼다. 수많은 방해 요소를 제치고 아이들에게 온전히 집중할 수 있도록 마음의 결을 다졌다. 온 힘을 다해 지켜낼 가치가 있는 축복이기에.

수백 명 학생들과 부대끼고 상호작용하는 환경에서 수업, 평가, 기록, 행정업무, 생활지도, 상담, 민원에 치이는 교사들은 즐거움보다는 피로와 회의감을 더 자주 느끼는 게 현실이다. 나 또한 그랬다. 그래도 아이들에게는 항상 좋은 에너지를 전하고 싶었다. 여전히 '대학 입시'라는 단일하고 거대한 목표가 견고하게 내세워지고 해마다 바뀌는 교육 정책, 입시 정책들로 혼란한 고등학교 현장. 이곳에서 '즐거운 아이들, 즐거운 교사들'을 꿈꾼 건 너무 순진하고 이상적인 생각이었는지도 모른다. 그러나 나는 여전히, 학교란 근본적으로 즐거운 공간, 웃음이 넘치는 공간이어야 한다고 생각한다. 아이들이 대부분의 시간을 보내며 매일 자라는 터전이니까. 우리는 새로운 것을 배우고 본업에 충실

하면서도 즐거울 수 있다. 적절하게 갖춰진 환경과 마음, 목표와 과정, 도움이 주어진다면.

학생들과 함께 즐거운 교실을 만들어간 과정과 그 시절의 하나뿐인 이야기들을 책에 담았다. 추억할 만한 기억들을 압축해 글로 남겼지만, 학생들과 신뢰를 쌓는 과정과 서로 마음을 열고 추억을 만들기까지의 과정이 쉽게 이루어진 것도, 항상 아름웠던 것도 아니었다. 그럼에도 교직에 있는 동안 매순간 고민하고 조금이라도 더 진심을 다하려고 한 모든 시간이 전혀 아깝지 않을 만큼, 교직에서의 추억은 내게 특별하고 귀하다.

매해 수백 명의 학생들을 만나 그 각기 다른 빛나는 영혼들을 잠시나마 알 수 있었음에, 짧게나마 인사를 나눌 수 있었음에 감사한다. 좋은 동료들로부터 배우고 서로 의지하며 나아갈 수 있었음에 감사한다. 함께했던 고마운 분들과 지금은 학교 밖 세상으로 나아간 제자들을 기억하며 한 명 한 명에게 인사를 건네고 싶은 마음을 압축해 글로 남겼다. 영원히 바스러지지 않도록. 지나온 시절을 돌아보며 나는 마음이 단단해지기도 하고 또 한편으로는 말랑해지기도 했다. 살아내는 매일이 더 애틋해졌다.

이 책을 펼친 당신도 마음이 단단해지고, 한편으로는 말랑해지고, 지나온 시절과 사람들이 뭉근하게 그리워지고, 살아 있는 매일이 더 애틋해진다면 좋겠다. 생생한 수업 이야기에 담긴 아이들의 웃음과 활기, 그 안에 있는 희망 같은 것이 당신의 마음에 전해지면 좋겠다. 즐거운 우리를 위해, 즐거운 삶을 위해 나는 사람들과 소리 내어 웃고 미소를 짓고 햇빛과 바람을 틈틈이 쐬려 한다. 맛있는 것을 먹고, 아름다운 것을 오래 들여다보고, 흘려보내야 할 기분은 흘려보낸다. 에너지를 분배하고 비축해 오늘을 살아낸다. 영양제를 챙겨 먹고, 운동을 하고, 좋아하는 사람들과 통화를 하고, 그리운 것들을 그리워하면서 마음을 기울이고, 지켜야 할 것들을 지켜내며 평범한 하루를 보낸다.

당신에게도 충분한 하루들이 가득하기를 바란다.

차례
Contents

Chapter 2 틀을 깨는 영어 수업
일반계 고등학교에서

Chapter 1

좌충우돌 신규 교사 영어 수업 이야기

직업계 특성화고등학교에서

첫 근무지에서 아이들과 함께 해낸 것들,
그곳에서만 경험할 수 있었던 수업들이
얼마나 특별했는지 종종 생각한다.
아이들의 특성과 수요를 분석해 참신하고
자유로운 수업을 시도해본 경험은
이후에도 큰 디딤돌이 되었다. 입시를
위한 수업이 아닌 오로지 '영어를 즐겁게
배우는' 수업을 할 수 있었던 환경은,
지나고 보니 고등학교 교사로서 경험하기
힘든 축복이었다.

✦ 첫 발령지입니다

대학 졸업과 동시에 임용고시에 합격하고 1년의 대기발령을 받았다. 당시엔 얼떨떨했지만, 돌아보면 발령 전 휴식기를 가질 수 있었던 건 더없이 큰 행운이었다. 유년 시절 이후로 마음 편히 놀고먹은 시절은 그때가 처음이자 마지막이었던 것 같다. 일을 시작하기 전 재충전한 그 1년이 없었더라면, 나는 발령 첫해를 견디지 못하고 튕겨 나왔을지도 모른다.

첫 발령지는 사회 초년생이자 신규 교사인 나에게 결코 만만한 곳이 아니었다. 직업계 특성화고등학교에서 일반교과를 가르치는 교사들은 종종 갈 길을 잃고 헤매기도 한다. 나는 어떻게든 길을 만들어보려 애를 쓰던 열정 가득한 신규 교사였다.

그때 만났던 아이들은 나를 어떻게 기억할까? 아이들처럼 나도 서투르고 방황하는 시절을 보내면서도 어른의 모습을 보이려 애쓰던 매일. 아이들은 그런 내 모습을 눈치챘을까? 그때 내게 위로가 되어주던 아이들은 자신들이 건넨 말, 미소, 사소한 애정 표현 하나하나가 내게 큰 버팀목이 되었다는 걸 알고 있을까? 부족한 나였지만 나도 아이들에게 그런 버팀목이기를 바라며 첫 발령지에서 2년을 보냈다.

삶의 모퉁이를 돌 때 마주치는 예상치 못한 시련들은 때로 예상치 못한 선물 같은 일들로 무마되기도 하고, 어떻게든 지나간 후에 피가 되고 살이 되는 경험으로 남기도 한다. 발령 전 1년의 휴식은 앞으로 닥칠 시련을 무마하기 위해 미리 받은 선물 같은 게 아니었나 싶다. 첫 발령지에서 본 희미하지만 확실한 희망들도, 만났던 다정한 이들도, 애틋한 첫 제자들도 모두 한 시절을 무사히 지나게 해준 선물이었다.

임명장에 적힌 첫 발령지 이름을 보았을 때 나는 들떴다. 당시에는 직업계 특성화고등학교에 대해 어렴풋이 개념만

아는 정도였고, 교육과정, 업무 편제, 일반교과 수업이 어떻게 이루어지는지 등 자세한 것은 당연히 알지 못했다. 중학교도 일반고도 아닌 직업계 특성화고등학교에 첫 발령이라니, 막연하게 특별하고 새로운 일들이 나를 기다리고 있을 것 같았다. 내 예감은 들어맞았다. 나는 감이 좋은 편이다.

발령 직전, '공업고등학교'의 줄임말인 '공고'로 불리던 학교가 새로운 이름으로 바뀐 것이라고 누군가 알려주었다. 내 첫 발령지가 과거에 '○○공고'였다고 말하던 이가 그다지 좋지 않은 뉘앙스로 "공고"라 발음할 때, 왜 학교 이름이 굳이 바뀌어야 했는지 알았다. 공업계 학교에 대해 편견을 가지고 공고에 다니거나 다녔던 이들을 일반화하고 재단하는 이들이 있었다. 취업을 준비하는 직업계 학교 학생들을 편견을 갖고 바라볼 시절은 다 지나지 않았나 싶었지만, 사회에 뿌리 내린 편견은 쉽게 사라지지 않았고 결국 학교 명칭이 바뀌었다.

직업계 학교에 대한 사람들의 편견과 잘못된 인식이 여전히 만연하다는 걸 느끼고 나서 나는 더 큰 사명감이 들었다. 어느 학교에나 영어 교사는 필요하고, 앞으로 나를 만날 아이들은 운이 좋은 아이들이라고 생각했다. 그만큼 자신이 있었고 좋은 수업을 할 준비가 되어 있었다. 일반계 학교와 완전히 다른 특수한 환경에 내던져졌다는 사실을 딱히 인지하지 못한 채, 나는 첫 직장생활에 대한 기대감과 초조함을 안고 누가 봐도 '신규' 티가 나는 긴장한 모습으로 개학을 맞았다.

담임 학급 아이들과 첫 대면을 하고, 한 팔에 새 교과서를 안고서 긴 계단을 올라가 복도를 걷던 아침을 기억한다. 열린 복도 창문으로 들어오는 바깥 공기가 차서 종종걸음으로 걷던 기억. 미리 알아둔 첫 수업 교실 위치를 헷갈리지 않으려 긴장한 채 분주히 걷던 아침.

기대만큼 녹록지 않은 3월이었다.

개학 날 마주한 첫 번째 시련. 첫 수업을 위해 2학년 교실에 들어섰을 때 학생들이 거의 반 정도가 없었다. 어리둥절한 채 출석부를 들여다보았지만, 정원 27명인 교실에 학생들은 15명 남짓 있었다. 교실은 춥고 텅 비어 보였다. 얼떨떨한 기분으로 왜 이렇게 빈자리가 많은지 묻자, 아이들은 나른한 목소리로 이런저런 이유를 말했다. 학생들이 교실에 없는 사유는 다양했다. 등교가 늦는 학생들, 원래 학교에 잘 안 나온다는 학생들, 이미 인턴십처럼 직업훈련에 들어가서 일정 기간 직장에 나가 학교에 오지 않는 학생들도 있다는 거였다. 이런 사정이나 학교 시스템에 대해 미리 들은 바가 없는 나로서는 아주 당황스러웠다. 오늘만이 아니라 앞으로도 이런 상황인 걸까? 머릿속에 물음표가 걷잡을 수 없이 솟았지만, 일단 아이들과 인사를 하고 정신없는 개학 일정을 소화해야 했다.

아이들에게 간단하게 나를 소개하고 앞으로 진행할 수업의 오리엔테이션을 진행했다. 간결하고 눈에 확 들어오는, 미리 만든 정성스러운 PPT까지 띄워놓고 앞으로의 계획을 열심히 설명하는 나를, 아이들은 이렇다 할 필기구도 없이 빤히 보고 있었다. 앞줄에 앉은 아이들 중 한 명이 불쑥 내게 물었다.

"쌤, 올해 우리 학교 처음 왔죠?"

아이들은 2학년이었고 나는 새로 온 교사였으니 답을 알고 하는 질문이었다. 게다가 교실에 들어서자마자 당황한 탓에 내가 학교에 대해 잘 모른다는 걸 들켰으니, 솔직담백하게 그렇다고 답하는 수밖에. 쌀쌀맞아 보이고 싶지 않아서 '처음 와서 학교 돌아가는 사정을 잘 모르니까 잘 부탁한다'고까지 말을 덧붙였다.(첫날에는 차라리 쌀쌀맞아 보이는 게 낫다는 걸 그때는 몰랐지) 대면한 첫날부터 아이들에게 그렇게 말하지 말았어야 했는지는 아직도 잘 모르겠다. 나는 학생들 그리고 사람들의 호의와 선의를 믿었다. 내게 처음 왔냐고 물어본 학생은 잠시 나를 응시하다가 이렇게 말했다.

"저희 학교에 영어 수업 듣는 애들 몇 명 없어요. 선생님은 수업 엄청 열심히 하실 것 같아요. 저는 영어 좋아하니까 열심히 들을게요. 그런데 아마 듣는 애들만 들을 거예요."

알 수 없는 표정과 건조한 말투로 말하던 그 애는 정말로 1년 내내 영어 수업을 열심히 들었다. 그리고 그 아이가 말한 대로 나의 첫 발령지에서 영어 수업은 '듣는 애들만 듣는' 수업이었다. 영어 수업이 중요하지 않은 학교, 학생들의 전공교과에 비해 부차적인 수업으로 취급받는 현실이 내가 마주한 두 번째 시련이었다.

전혀 예상하지 못한 상황이었기에 교실에서 아이들 다수가 빠진 상황만큼이나 당혹스러웠다. 고등학교에서 영어 과목이 '당연히 중요한 수업'이라고 여겼던 건 너무 '일반고 중심적'인 생각이었다. 돌아보면 첫 수업 때 내게 처음 왔냐고 물었던 아이는 내가 수업 오리엔테이션 하는 걸 보고 눈치 빠르게 나를 걱정한 거였다. '선생님은 열정에 차서 수업을 열심히 할 것 같은데, 여기에는 원래 영어 수업을 듣는 애들이 몇 없다'는 정보를 미리 알려준 것이다. 그 아이 덕에 첫날부터 알고 있었어도, 막상 실제로 그런 상황을 직면하던 3월은 매일 얼떨떨했다. 새로 온 교사에 대한 호기심으로 눈을 반짝이던 아이들은 학기가 흘러갈수록 피곤에 찌든 모습으로 바뀌며 수업에 대한 관심을 자연스레 거두었다.

나의 첫 발령지에서는 대부분의 학생들이 대학 진학보다 취업을 우선적인 목표로 하고 전공 실습과 직업훈련에 전념하고 있었다. 대부분의 아이들은 수능을 준비하지 않았고, 대학 진학을 원하더라도 전공 계열로 진학하려는 경우가 대부분이었다. 그렇기에 '국영수'를 비롯한 '일반교과' 내신 점수에 크게 연연하지 않는 분위기였고, 학생들 입장에서는 굳이 일반교과 공부에 매진할 필요도 여유도 없었다. 한정된 시간과 에너지를 전공교과에 투자하는 것이 더 효율적이고 맞는 선택이었기 때문이다. NCS 시험이나 대학 진학에 대비하기 위해 '영어가 필요한' 혹은 순수하게 '영어에 흥미가 있는' 학생들만이 영어 수업에 참여하고 방과후 영어 수업을 신청했다. 영어 수업에 참여하는 소수의 아이들은 주변 분위기에 아랑곳하지 않고 매시간 최선을 다했다. 아이들 사이에서 '영어가 필요한지'에 대한 의견은 분분했지만 굳이 지루한 영어 교과서 지문을 파고들어 공부하려는 학생은 적었다.

학급마다, 시기마다 차이는 있었지만 교실에 학생들 다수가 없는 상황은 계속되었다. 한 줌의 학생들이 교실 앞자리에 모여 앉아 눈을 반짝이며 수업에 참여하는 동안, 나머지 아이들은 너무 들떠 있어서 내가 소리를 질러야 하거나 너무 무기력해서 나도 같이 처지곤 했다. 그럼에도 수업은 매일 계속되어야 했고, 아이들을 탓할 수도 없었다. 애초에 이렇다 할 동기부여도 되지 않은 데다, 아이들에게는 전공 실습실이 아닌 교실에서 보내는 일반교과 수업 시간을 '쉬어야 하는 시간' 또는 '부차적인 시간'으로 치부할 나름의 이유가 있었다.

교실에서 통제가 안 되거나 무기력하던 아이들이 전공 실습실에서 진지한 태도로 집중해서 실습을 하고 지도교사의 피드백을 경청하는 모습을, 근무한 지 몇 달이 지나서야 처음으로 보게 되었다. 실망하고 지쳐가던 내게, 학교에 오래 근무하신 전문교과 선생님께서 공개수업 참관을 제안하셨다. “아이들 실습하는 모습을 참관해서 보면 좋을 거다, 교실에서와는 많이 다른 모습을 볼 수 있을 거다”라고 진지하게 권하시는 말씀에 바쁜 업무들을 제쳐두고 공강에 실습실로 향했다. 그때 본 아이들의 모습은 정말 새롭고 생소했다. 진지하게 집중하고, 떠들지도 무기력하게 퍼져 있지도 않은 아이들을 보면서 조금은 배신감도 들었지만, 실습실에서 아이들을 보던 그 시간이 내가 아이들을 처음 제대로 이해한 시간이었다.

취업에 직결되는 중요한 훈련에 에너지를 쏟다가 시간표에 맞춰 교실로 가서 가만히 앉아 잘 알지도 못하는 지루한 교과 수업을 들어야 한다면, 내가 지금까지 봐온 모습처럼 에너지를 주체하지 못해 날뛰거나 무기력하게 늘어지거나 둘 중 하나가 될 수밖에 없겠구나. 교실에서도 초롱초롱하고 꼿꼿하게 수업에 참여하는 아이들이 대단한 거구나. 내가 봐온 아이들의 모습은 영어 시간이라는 하루 단 한 시간의 단편적인 모습이었을 뿐이라는 깨달음. 아이들을 원망하는 마음이 커져가던 때에 알게 된 아이들의 다른 모습은 나의 마음에도, 앞으로의 수업과 학생들과의 관계 형성에도 큰 도움이 되었다. 차츰 파악해간 학생들의 사정은 저마다 다양했다. 밤새 알바를 하고 학교에 나와 교실에서는 잠을 청해야만 전공 시간에 깨어 집중할 수 있는 아이, 영어 수업에 참여하고 싶지만 그동안 많은 시간과 에너지를 전공 훈련에 쏟은 탓에 수업을 알아들을 수 없어 포기하고 마는 아이, 등교하지 않는 아이, 모든 게 귀찮고 무기력한 아이 등등.

마주한 상황을 내 힘으로 어찌할 수 없다고 느낄 때마다 무력감이 들었고, 수업 내용이 심화될수록 아이들이 더 나가떨어지는 것 같아 초조했다. 수업에 대한 자신감은 여전했지만, 영어 수업이 중요하게 여겨지지 않으며 결석생이 많고 아이들이 극단적으로 지쳐 있거나 들떠 있는 상황에서 어떻게 해야 할지 갈피를 잡지 못해 힘든 첫 학기를 보냈다. 의지는 점점 깎였고 실망과 좌절이 반복되자 우울감이 밀려왔다. 혼자서 부풀려온 기대들이 풍선 바람 빠지듯 볼품없이 초라해졌다. 그럼에도 수업과 학생들을 포기할 수 없었던 것은 학생들 그리고 나 스스로에게서 희망을 보았기 때문이었다. 희미하지만 확실한 희망이 매일 어디선가 반짝여 무엇이든 쉽게 포기할 수 없게 만들었다.

아이들을 포기할 수 없으니 내가 할 수 있는 일을 하자고 매일 스스로 다독이며 보았던 희망, 아이들을 이해하고 아이들의 시선으로 상황을 바라보며 비로소 볼 수 있던 희망들. 나는 무엇이든 더 나아지게 할 수 있다 믿었고 내가 할 수 있는 선에서 아이들에게 무엇이든 더 나은 것을 주고 싶었다. 더 나은 수업, 더 나은 환경을 주고 싶었다. 주어진 상황과 학생들에 대한 이해를 바탕으로 아이들에게 가까이 다가가는, 모두가 즐겁게 참여할 수 있는 영어 수업을 만들기까지 크고 작은 시행착오를 겪었다. 그 모든 시행착오가 나의 즐거운 교실 이야기의 발판이 되어주었다.

"안녕하세요, 첫 발령지입니다. 잘 부탁드립니다."

동료들 앞에서 마이크에 대고 말했던 나의 첫인사였다. 그곳에서 교사로서 첫발을 내디딘 건 어쩌면 다행, 또는 축복이었는지도 모른다. 좋은 사람들과 웃는 일이 많았고 아이들 덕분에도 많이 웃었다. 언제나 세상의 편견에 맞서야 하는 아이들을 보면서 공교육의 역할에 대해, 대한민국에서 대학 입시가 목표가 아닌 10대 청소년의 삶에 대해, 나 그리고 이 사회가 나아가야 할 방향에 대해 무수한 성찰과 고민을 하며 성장한 2년이었다.

대학 입시, 수능 대비의 틀에서 벗어난 영어 수업을 시도하고 함께하는 추억을 만들 수 있었던 것은 모두 그곳에 있었던 학생들 덕분이다. 애틋한 나의 첫 발령지에서 함께했던 날들이 아이들에게도 좋은 기억의 한 조각으로 남았기를 바란다.

✦ 시간표는 있는데 학생들이 없어: 특성화고 영어 수업

일상에 적응하며 긴장이 풀려가던 어느 날, 수업을 하러 2학년 교실에 갔는데 학생이 딱 3명 있었다. 이건 해도 해도 너무하지 않나, 어안이 벙벙해져서 남아 있는 아이들에게 어떻게 된 건지 물었다. 아이들은 태연하게 설명했다.

"지금 OJT 기간이에요. 저희는 실습 신청 안 해서 교실에 있고요. 다른 반도 비슷할걸요."

'오제이티' 어쩌고 하는 말을 교무회의 때 듣긴 들은 것 같은데 늘 있는 전문교과 관련 행사이겠거니 하고 지나쳤었다. 아무도 나에게 'OJT'가 무엇이며 그 기간에 교과 수업을 어떻게 진행하는지 미리 알려주지 않았다. OJT 기간에 정확히 무얼 하는 거냐고 묻자 학생들은 '실습 나가는 기간'이라고 답했다. 나중에 자세히 알게 된 것은 'OJT'가 'On the Job Training'의 약자이며, 일정 기간 동안 학생들이 기업에 실습을 나가 현장에서 직업훈련을 하며 출석일수를 채운다는 사실이었다. 기존에 근무하던 교사들에게는 익숙한 일정이거니와 학교가 워낙 바쁘게 돌아가니 누구든 눈코 뜰 새 없이 적응 중인 신규 교사를 붙잡고 미리 설명해줄 겨를이 없었던 게 아닌가 싶다. 황망하게 교실을 바라보자 아이들은 자연스레 잠을 청하거나 멍하니 나를 응시했다. 학생 셋만 데리고 진도를 나갈 수는 없는 노릇이었다. 준비해서 가져간 수업 자료를 내려놓은 뒤, 아이들을 마주 보고 창가에 앉아 생각에 잠겼다. 지치는 기분이었다. 창밖에는 비가 내리고, 피곤에 지친 아이들은 어두운 교실에서 너울너울 졸았다.

종이 울리고 교무실로 돌아와 동료 선생님께 OJT에 대해 묻자, 항상 나를 잘 챙겨주시던 선생님께서 '아차' 싶은 표정으로 상세히 설명해주셨다. 결론은 '2주 동안 교과 수업은 할 수 없다'는 거였다.

"선생님 황당했겠다, 미리 말해준다는 게 정신없었네요.

교실에 애들이 없죠. 애들 협력 기업에 실습 나가서 정해진 과정 이수하고 오는 거예요. 처음 발령받은 일반 교사들은 학사일정에 'OJT' 적혀 있어도 뭔지 잘 모르는데, 막상 수업을 할 수 없으니까 당황스럽죠."

"그럼 2주 동안 2학년 교실에 애들이 계속 없어요?"

"맞아요, 컴시간(학교에서 쓰는 시간표 알림 프로그램)에 수업은 그대로 있고요. 선생님, 2주 동안 남은 애들 임장지도(교실 현장에 임하여 학습 및 면학을 지도하는 것) 하면서 쉬어간다고 생각해요. 평소에 힘들잖아요. 이때 쉰 에너지로 밀린 업무 하고 그러면 돼요."

2주간 학생들이 없다니… 수업 진도도 밀리고 시험 대비도 못 했는데. 온갖 복잡한 생각들이 몰려와 혼란스러웠다. 그러나 그동안 매시간 수업이 벅찼고 첫 직장생활에 적응하면서 지칠 대로 지쳐 있었기에, 주어진 2주의 시간을 동료 선생님 말씀처럼 '숨 돌리는 기간'으로 생각하기로 했다.

시간표에 맞춰 교실에 올라가면 교실이 아예 텅 비었거나 학생들 몇 명만이 무기력하게 자리에 앉아 있었다. 남아 있는 아이들과 뭐라도 해야 할 것 같아서, 영단어 목록을 학습지로 만들어 나누어주고 단어를 외워서 예문의 빈칸

안에 몇 개 이상 쓸 수 있는 사람에게 간식 상품을 주겠다고 했다. 교무실 서랍에 넣어둔 간식들을 조금씩 챙겨서 교실에 올라가면 단어를 외워서 자랑스레 간식을 타가는 아이들이 몇몇 있었다.

교실에 남은 아이들은 하루 내내 어떤 시간을 보내는 걸까, 걱정되는 마음에 아이들과 이런저런 상담을 하기도 했다. 담임은 1학년을 맡고 있었지만 수업은 2학년을 전담하고 있었는데, 2학년 아이들의 고민은 1학년과는 사뭇 달랐다. 더 깊고 더 멀고 더 진지했다. 앞으로 취업할 기업의 근무 환경에 대한 이야기들이나 3학년이 되기 전에 커리어 방향을 확실하게 정해야 하기에 생기는 고민들, 졸업반이 되고 이후 졸업을 하고 나면 어떻게 생을 꾸려나가고 커리어를 발전시킬지에 대한 고민들이 주를 이루었다. 아이들과 영단어를 외워 학습지를 풀고, 이런저런 고민거리들을 내게 털어놓는 시간을 보내다가, 쉬는 시간을 알리는 종이 울리면 나는 주어진 시간을 나름대로 알차게 보냈다고 위안하며 터덜터덜 교실을 나서곤 했다.

이상하고 고요한 나날이었다. 수업을 쉬는 게 맞았지만 딱히 쉬는 것 같지는 않았다. 교무실에 할 일이 쌓여 있었으나 어찌 되었든 남은 아이들과 함께 교실에서 시간을 보내야 했고, 아이들이 무료하지 않도록 무언가를 계속해야 했다. 수업 진도를 나갈 수 없어 초조한 마음은 며칠이 지나자 해탈의 경지에 이르렀다. 현장 실습 프로그램을 통해 학생들이 직업 환경을 미리 경험할 수 있는 것은 참 실용적이고 좋은 취지의 제도라고 생각했지만, 일반교과 교사들이 중요한 학사일정에서 배제되어 겉도는, 중요하지 않은 수업을 하는 이들로 여겨지는 환경이 낯설었다. 이곳에서 영어 교사는 '비주류' 수업을 하는 교사라는 현실을 받아들이기까지 시간이 걸렸다.

일반고에서 교생 실습을 할 때 그리고 대기발령 기간 동안 고등학교와 중학교에서 틈틈이 시간제 강사로 수업하며 겪어본 교실에서는 대부분의 학생들이 초롱초롱하게 깨어 있는 상태로 수업에 집중했다. 영어 수업은 언제나 아이들에게 중요한 과목이었고, 학교마다 차이는 있었지만 고등학교에서는 난이도 높은 독해 지문을 다루는 활동이 주를 이루었다. 그러나 나의 첫 발령지에서 영어 수업은 '쉬어가는 시간'이어야 했고 대부분의 아이들이 영어 독해를 깊이 있게 공부하지 않았다. 영어는 꼭 입시를 위해서만이 아니라 기본적인 학습이 필요한 부분이 있는데도, 내가 발령 첫해에 만난 학생들은 영어 수업에 몰입하고 영어 공부에 에너지를 투자할 만한 동기부여가 되지 않은 상태였다.

수능 영어 영역 문제 풀이에 특화된 독해 훈련이나 고난도 영단어 암기 따위를 하지 않아도 되고 딱히 그럴 시간도 없던 아이들은, 학년이 올라가면서 영어 수업 내용이 어려워질수록 그저 고단하고 지루했을 터였다. 특성화고에서 '일반적인 고등학교 영어 수업'을 하는 것은 여건과 상황에 맞지 않았고, 무엇보다 학생들에게는 그런 수업(일반고에서 하는 수능 대비 수업)이 필요하지 않았다. 그러나 주어진 교과서, 교육과정에 맞추어 아이들이 지루해할 만한 영역과 내용들을 수업에서 반드시 다루어야 했고, 그로 인해 생기는 좌절, 현실과의 괴리에서 오는 피로감을 피해가기는 힘들었다.

나를 비롯한 일반교과 교사들은 혼란스럽거나 무기력해 보였다. 수업에 큰 신경을 쓰지 않아도 된다고 편하게 생각하는 이들도 일부 있었지만, 나는 그렇지 않았다. 매일 수업이 계속되는데 생각처럼 운영되지 않는 상황은 내게 무력감을 주었다. 아이들이 학교에서 영어 수업을 비롯한 일반교과 수업에 큰 관심을 갖지 않고 무력한 시간을 보내는 것도 안타까웠다.

교실에 가서 뭐라도 제대로 해내는 일은 교사로서의 자존심 같은 마음의 문제가 아니라, '교실에서의 시간을 정상적으로 운영할 수 있느냐 없느냐.' 하는 현실적인 문제였다. 욕심 많은 신규 교사였던 나는 좋은 수업, 재밌는 수업, 아이들에게 실질적인 도움이 되는 수업을 하고 싶었다. 나 혼자의 의지로 되는 일이 아니라 아이들이 함께 의지를 가지고 참여해야만 가능한 일이었다.

아이들이 현장 실습에서 돌아오고 얼마 지나지 않아 정기고사 기간이 되었다. 빠듯한 학사일정에 맞추어 어떻게든 무엇이든 꾸역꾸역 해내다 보니 방학이 다가왔다. 방학식 날마저 업무 때문에 야근을 했지만 그래도 '죽으라는 법은 없구나.' 싶었다. 아이들이 학교에 없던 현장 실습 기간 동안 에너지를 비축할 수 있어 다행이었다. 하루도 제대로 쉬지 못한 채 병원들을 전전하며 한 학기를 보내고 방학을 맞았으나 방학은 생각보다 너무 짧았다. 금세 다시 새 학기였다.

✦ 오도바이(auto+bi+cycle) 타고 등교하기

학교에서 수차례 제재를 했는데도 몇 번이나 오토바이를 타고 등교하던 아이들이 있었다. 내 멋대로 붙인 그 아이들의 별명은 '오도바이 크루'. 아이들은 자신들이 타고 다니는 교통수단을 애지중지하면서 '오도바이'라고 불렀다. 멀리서부터 엄청난 속도로 달려와 당당하게 학교 바깥에 주차한 뒤, 헬멧을 벗고 교문으로 들어서는 모습은 '이게 뭔가' 싶은 신선한 충격인 동시에 '그래도 저 아이들이 학교에 나오는 게 어딘가.' 하는 생각도 들게 했다.

골치를 썩는 건 애꿎은 담임교사들과 생활지도 담당 교사들이었다. 오도바이 크루 아이들은 지적받고 훈계를 들을 때마다 억울하다며 항변했다. 법적으로 오토바이 운전이 가능한 나이가 되어 면허를 땄고, 수개월간 알바를 해서 모은 돈으로 정당하게 오토바이를 샀고, 학교가 끝나면 알바를 하러 빨리 움직여야 하고, 알바를 가서도 밤새 오토바이를 타는데 뭐가 문제냐는 거였다.

아무리 학교에서 교칙을 근거로 훈계해도 오토바이 등교를 원천 차단하는 건 어려웠다. 학교에 잘 안 오던 애들이 어쨌든 학교에 오기는 오니까 안 다니겠다고 드러눕는 것보다야 낫지 않냐고, 농담 반 진담 반 웃으며 이야기하던 선생님들도 수심 가득한 교감 선생님의 얼굴을 보고선 "아이고, 골치 썩겠네." 하고 더는 말을 얹지 않았다. 동네 주민들이 학교에 민원을 넣기도 하는 모양이었다. 많은 사람들이 곤란해했지만, 법적으로 오토바이 운전이 허용되는 나이에 면허를 따서 합법적으로 구매한 이동 수단을 학교에 오가며 타는 게 뭐가 문제냐는 아이들의 항변이 딱히 틀린 말도 아니라서 문제였다. 나는 등교하는 오도바이 크루를 보면서 애들이 헬멧이라도 잘 챙겨 쓰고 다녀서 다행이라고 생각하곤 했다.

며칠간 오토바이로 등교하던 그 아이들은 서로 친한 친

구들이었다. 오도바이 크루 아이들은 영어 수업 시간에 교실 맨 뒤에 앉아서 중간중간 쓸데없는 질문을 하거나, 수업에 참여해보려 하다가도 금세 시들해져서 꾸벅꾸벅 졸거나 했다. 그 아이들은 어쨌거나 수업 시간에 그저 엎드려 자려고 하는 아이들은 아니었다. 어떻게든 수업에 참여하고 한마디라도 더 해보려고 하는 활달하고 호기심 많은 학생들이었다. 그저 오토바이를 이동 수단으로 이용하며 선생님들을 애먹일 뿐, 참 해맑고 활기찬 아이들이었다. 오도바이 크루 아이들은 새벽까지 알바를 해서 피곤하다면서도 "영어 시간이다! 얘들아! 우리가 영어는 제대로 해야지! 아 캔 스피크 잉글리시, 유 캔 스피크 잉글리시 투!" 같은 소리를 우렁차게 외쳐대곤 했다.

어느 날은 내가 교실에 입장한다고 교실 앞문에서부터 꽃가루(?) 뿌리는 시늉을 하면서 결혼행진곡을 불러댔는데, 바닥에 흩뿌려진 무수한 종이 쪼가리들의 정체를 알고 보니 교과서 몇 권을 펼쳐 아무렇게나 북북 찢어 만든 거였다. 황당해하며 교과서를 이렇게 찢어발겨 놓으면 어떡하냐고 혼을 내면서도 하도 어이가 없고 허탈해서 웃음이 났다. 아이들은 선생님을 환영하려고 쉬는 시간 내내 준비한 건데 왜 뭐라고 하냐며 서운하다고 토라질 뿐이었다. 교과서가 필요 없는 아이들이었지만, 신기할 만큼 시종일관 의욕이 넘쳐서 교실의 활기를 돋우고 사람을 웃게 하는 재능이 있었다. 넘치는 에너지를 학교에 나와 건강하게 발산하니 정말 다행이라는 생각이 들었다. 그러나 그 아이들도 수업 중에 영어 문장 구조를 분석하거나 문법적인 설명을 하는 등 지루한 파트가 나오면 풀 죽은 식물처럼 금세 시들시들해졌다. 세상 다 산 표정으로 교실 뒤편에 앉아 쏟아지는 졸음을 이겨보려 애쓰는 모습이 익숙했다.

학기가 진행되며 수업 내용이 심화될수록 점점 활기를 잃어가는 오도바이 크루를 보면서, 나는 그 애들이 다시 학교에 나오지 않거나 학교생활에 흥미를 잃고 침체될까 봐 걱정했다. 한동안 학교에 안 나오다가 다시 매일 등교하기 시작했다는 그 아이들은 확실히 배우려는 의지와 호기심, 패기가 있었다. 학습 기반과 집중력이 약해서 수업을 잘 따라오는 게 힘들 뿐이었다. 아이들이 학교에 다시 잘 적응해보려 애쓰는 게 눈에 보여서 내내 응원하는 마음이 들었다. 수업 시간에 발표도 해보려 하고 선생님들과도 잘 지내려 나름대로 노력하는 게 보여서 마음이 쓰였다. 다른 선생님들도 그 애들이 학교에 나와서 다행이라고, 엇나가지만 않으면 좋겠다고 이야기하곤 했다.

하루는 영단어를 공부하는 방법에 대한 강의를 했다. 아이들은 영어 공부를 어떻게 시작하고 어떻게 접근해야 할지 알지 못해서 본격적인 학습을 시도하다가도 초장부터 어려움을 겪고 포기하는 경우가 많았다. 단어를 외워도 머리에서 다 날아가는데 어떻게 해야 하냐고 묻는 아이들을 돕기 위해 '기억에 남는 효율적인 영단어 공부법'에 대한 강의를 준비했다. 영단어의 구조, 형성 법칙에 대해 학습하고 효율적으로 암기하는 방법을 알면 기억에 오래 남고 처음 보는 단어 뜻을 유추할 수도 있다는 나의 말에, 아이들은 '단어를 그냥 외우는 게 아니라 외우는 법까지 따로 공부해야 하냐'며 진저리를 쳤다.

영단어 공부법 강의에서 나는 영어의 다양한 어원들과 어근, 단어의 형성, 파생에 대해 쉬운 예시를 들어 설명했다. 'bicycle(자전거)' 'bilingual(이중언어 사용의)' 등의 단어를 제시한 뒤 '둘'의 의미를 가진 접두사 'bi-'를 설명하고, 'cycle'이라는 어근에 동그라미를 치고 다시 'bicycle'과 'recycle' 등을 보여주며 단어 형성에 대한 예시를 확장해가는 식이었다.

오도바이 크루 아이들은 교실 뒤편에서 꾸벅꾸벅 졸거나 멍하니 칠판을 응시하고 있었다. 내가 'bi(둘)+cycle(원, 순환)'을 가리키며 "그래서 자전거를 'bicycle'이라고 부르게 된 거야. 두 개의 사이클, 동그란 바퀴 두 개로 굴러가니까." 하고 간단히 설명할 때, 오도바이 크루 중 한 명이 졸음에서 깨어나 눈을 가늘게 뜨고 내게 질문 같은 농담을 던졌다. 아이는 수업 초반에 판서해둔 접두사 목록 중 'auto'를 힐긋 보고서 "그럼 오토랑 바이사이클이랑 합치면 오토바이게요?" 하고 말했다.

'오토바이'가 정식 영어 표현이 아닌 콩글리시에 해당하는 표현이기는 하지만, 어쨌거나 아이가 말한 내용은 단어의 형성에 대한 정답이었다. 아이는 아마도 호기심 반 아무 말 반으로 던져본 말이겠지만 얼떨결에 단어 형성 원리를 읊은 것이다.('motorcycle'이 '오토바이'를 부르는 적절한 영어식 표현이다. 한국에서 '오토바이'라고 하는 것은 'autobicycle'을 줄여 부르는 말이다) 아이가 스스로 정답을 발견해냈고 그래서 드디어 수업 중에 제대로 칭찬을 할 기회가 생긴 것이 무척 기뻤다.

"맞아, 그거야! 너희가 타고 다니는 오토바이, 그게 'auto'랑 'bicycle'을 합쳐서 뒷부분을 빼고 부르는 거야. 하나를 가르치면 열을 아네!"

아이는 어리둥절해져서 "진짜요? 오도바이? 오도바이가 그런 단어예요?" 하고 되물었다. 농담처럼 던진 말이 스스로 발견한 정답인 데다 칭찬까지 들어서 아이는 의외의 성취에 잠이 달아난 모양이었다.

나는 칠판에 'auto+bi+cycle'을 적고 각 어원의 뜻을 다시 짚으며 몇몇 아이들이 애용하는 이동 수단이 왜 '오토바이'라고 불리게 되었는지 설명했다. 올바른 영어 표현(motorcycle)을 첨언하고, '오토바이'의 단어 형성을 유추해 낸 아이를 재차 칭찬했다. 아이들은 익숙한 것에 대한 새롭고 새삼스러운 사실에 들떠 잠에서 깨어 웃어댔다.

"자동 자전거네. 자동이고 바퀴 두 개 달린 자전거잖아. 근데 왜 타고 다니면 안 되는 거냐? 자전거 타고 다니는 애들 많은데."

그러면서 자기들끼리 껄껄 웃는 걸 보고 있으니 웃음이 났다. 저렇게 잘 웃고 해맑은 애들이 오토바이를 타고 다니면서 문제아 취급을 받는 게 애석하기도 하고, '새로운 것을 알아간다는 건 이다지도 즐거운 일인데 그 기쁨을 더 자주 누리면 좋으련만.' 하는 생각도 들었다. '이 아이들은 오토, 바이, 사이클, 이 세 개의 어원은 절대로 안 잊어버리겠구나.' 하는 생각도.

얼마 가지 않아 아이들은 오토바이 등교를 멈추고 버스로 등교하기 시작했고, 학교에 꾸준히 잘 나와서 무사히 졸업을 했다. 사실 뭘 타고 오든 일단 매일 학교에 와서 웃고 떠들고 밥 먹고 축구하고 선생님들과 인사를 하고 꾸중도 듣고 반성문도 쓰고 그렇게 우당탕탕 지내는 것이 다행이었다. 포기하지 않고 학교에 와서 선생님들과 지지고 볶고 혼나고 반성하기를 반복하는 아이들은 선생님들을 지치게도 하지만 동시에 희망을 갖게도 만들었다. 우리에게 적어도 '포기하지 않을 수 있는 선택지'가 생기기에 가지게 되는 희망. 오도바이 크루와 같은 아이들은 선생님들이 한숨을 쉬고 골머리를 썩는 이유인 동시에, 때때로 크고 작은 보람과 기쁨을 느끼게 하는 귀한 아이들이었다. 졸업식에서 마주한 오도바이 크루 아이들은 꽤 어른스럽고 대견해 보였다. 선생님들과 환하게 웃으며 인사를 나누던 모습, 나에게 와서 멋쩍게 악수를 청하던 모습이 자랑스럽고 환했다.

✦ 선생님, 파파고가 있잖아요

"쌤, 오늘 수업하지 마요. 너무 더워요, 지금. 애들 다 잘지도 몰라요. 오늘만 쉬어요."

공기가 조금씩 물기를 머금고, 교실의 아이들은 축축 늘어지기 시작하던 여름 초입 어느 날 5교시. 모두 점심을 배불리 먹고 나른할 게 분명한 교실에 들어서자, 점심시간에 운동장에서 뛰다 온 학생들이 선풍기 옆에 모여 땀을 식히고 있었다. 시끄러운 와중에 출석을 부르고 아이들을 진정시키며 학습지를 배부하려고 하자, 땀에 젖은 한 아이가 다급하게 소리친다. 오늘 수업은 그냥 쉬자고. 얘들아, 지금 내가 에어컨 고장 난 등사실에서 땀을 뻘뻘 흘리고 인쇄를

다 해왔는데 무슨 소리냐, 너희 반이 진도 제일 느리다, 오늘은 쉴 수 없다, 체육대회 때 또 하루 빠진다, 절박하게 호소해봐도 별 소용이 없다. 저번 주 이 시간도 딱 한 번만 쉬자고 애걸복걸해서 결국 쉬어놓고서 오늘도 쉬자는 건 무슨 매너냐고 호통을 쳐봐도 여름날 5교시, 점심시간 열정의 축구를 마치고 교실로 뛰어들어온 학생들은 수업을 할 의지가 전혀 없어 보인다. 나는 결국 교과서 딱 한 페이지만 읽고 마치자며 아이들을 어르고 달랜다. 땀에 젖은 몇몇 아이들은 포기한 채 눈을 감고 의자에서 스르르 흘러내린다. 땡볕에 녹아내리는 아이스크림처럼.

한 아이가 분위기를 살피고 내 눈치를 살피다 입을 연다.

"쌤은 왜 이렇게 수업을 열심히 하세요? 애들 잘 듣지도 않는데. 몇 명만 수업 듣는데 왜 이렇게 열심히 하시지? 일반과목 쌤들 중에 쌤이 제일 빡세요. 정신 차리고 보면 갑자기 나도 수업을 듣고 있다니까요?"

나는 퉁명스러운 그 말이 웃기고 고마웠다. 그래, 내가 열심히 한다는 거 너도 알고 있구나. 정신 차리고 보면 의지와 상관없이 갑자기 수업을 듣고 있는 거, 그게 바로 내가 원하는 거다. 나는 당당하게 대답했다.

"그래, 그러라고 열심히 하는 거야. 너희가 너네도 모르는 새에 스며들 듯이 수업 듣고 있으라고. 너희한테 중요한 거고 잘해야 하니까. 대학을 가든 취업을 하든, 영어를 기본은 해야 할 거 아냐. 그거 도와주려고 하는 거지, 나도 피곤하고 힘들다. 나 좋으려고 열심히 하는 거 아니거든."

내 말을 듣고 고개를 갸우뚱하던 아이가 장난기 어린 말투로 말한다.

"선생님, 걱정 마세요. 우리한텐 파파고가 있잖아요."

학생과 나의 대화를 듣던 나머지 아이들이 와르르 웃는다. 맞네 맞아, 파파고가 있다! 요즘 시대에 뭐가 걱정이세요, 하며 웃는 아이들을 보며 나는 적잖이 당황했다. 이토록 합리적이면서 여유로운, 공격 아닌 공격(?)은 처음 받아봐서 곧바로 방어 태세를 취하지 못했다. 아이고 그래, 파파고가 있지. 구글 번역기도 있고, 스마트폰이 있으면 언제든 쓸 수 있는 번역 앱도 있지.

그래서 아이들은 새로운 언어를 굳이 힘들게 공부할 필요가 없다고 생각할 수 있고, 그것은 충분히 납득이 가는 동시에 영어를 가르치는 사람으로서 왠지 괘씸하여 반드시 깨뜨려주고 싶은 생각이었다.

"파파고가 있잖아요." 하고 여유만만하게 말하는 아이들 앞에서 말문이 막힌 그 순간은 학생들과 나 사이의 세대 차이, 정확히는 사고방식의 차이를 절감하는 순간이기도 했다.(당시 나는 학생들과 7살 차이밖에 나지 않았고 학교에서 가장 어린 교사였는데도, 그런 순간들에 느껴지는 극명한 차이, 유년기부터 스마트폰을 익숙하게 사용해온 세대와 나 사이의 간극, 유튜브를 비롯한 매체를 어릴 적부터 접한 세대의 새로운 사고방식, 생활방식과 내 세대의 차이를 절감할 때마다 아득한 기분이었다. 나의 부모와 기성세대는 내 세대 사람들을, 나를 보면서 무슨 생각을 할까, 얼마나 아득했을까 싶은 순간들)

내가 근무한 특성화고의 학생들은 수능에 응시할 필요가 없는 경우가 대부분이었기에 "우리에겐 파파고가 있다"는 주장(또는 합리화)은 더욱 일리 있는 것이었다. 영어 공부에 열중하지 않을 나름의 합리적인 이유가 있는 거였다. 나는 학생의 당돌한 파파고 발언에 즉각 반박해야 했다. 영어 수업의 존속이 달린 문제였다. 그냥 웃고 넘길 수만은 없는, 이 시대의 영어교육 전공자로서 답할 필요가 있는 순간이었다. 나는 잠시 아이들을 응시하다가 진지한 태도로 말했다.

"그래, 파파고 좋지. 요즘에 많이 쓰더라(때는 아직 챗GPT가 등장하지 않은 2017년이었다). 그런데 너희 해외여행 하다가 인터넷 로밍 끊기고, 폰 배터리 나가면 영어로 한마디도 못 하는 인간이 될 거야? 파파고에 의존하면 그렇게 되잖아. AI에 전적으로 의존하는 그런 휴먼이 될 거야? 나는 그건 반대다.("보조배터리 들고 다니면 돼요!" 같은 말들이 들려온다) 파파고만 믿고 싶은 사람은 파파고만 믿어도 되지만, 인공지능에만 의존하는 것보다 자기 능력치를 든든하게 키워서 믿는 쪽이 더 멋지지 않아?"

내가 진지한 태도로 말을 이어가자 아이들의 수런수런한 웃음소리가 조금 잦아든다. 나는 아이들과 눈을 맞추고 조금 웃음기를 머금고, 설득을 위한 여유로운 태도를 보인다. "멋쟁이 되고 싶은 사람?"(고등학생들도 이런 유치한 말을 좋아한다) "저요! 애요!" 아이들이 다시 웃는다.

"자기 자신을 믿고 싶은 사람들, 파파고 없이도 외국인들이랑 자연스럽게 친구가 되고 싶은 사람들은 내 수업을 잘 따라오는 걸 추천할게. 언어를 스스로 자유자재로 구사할 수 있는 거랑 파파고나 번역 앱 기능에만 의존하는 건 천지 차이야. 그리고 너희가 믿는 번역 앱은 '핫도그 세 개

주세요'를 'Please, Hot dog world'로 번역하기도 하잖아."

내 마지막 말에 아이들이 와하하 저항 없는 웃음을 터트린다. 나는 전자교탁에 구글 화면을 켜서 'please hotdog world'를 검색한다.

모 예능 프로그램에서 방영된 장면이 화제가 되어 '웃짤'로 퍼졌던 번역기 오역 장면을 아이들에게 보여주었다. 아이들은 한껏 웃어 젖히며 '핫도그 월~드'를 외쳐댄다. "번역 앱이 우리보다 못하는데?" 같은 말이 들려온다. 아이들은 스마트폰이 제공하는 번역 기능에만 의존하면 안 된다는 나의 말을 그런대로 납득한 것 같기도 했다. "파파고가 있잖아요." 하고 농담을 했던 아이를 비롯한 몇몇 학생들의 웃는 얼굴에 모종의 깨달음을 얻은 듯한 표정이 스쳤다.

"애들아! 아무리 파파고가 있어도, 더 편하고 빠른 번역 기능이 나오더라도, 폰 배터리도 보조배터리도 다 나가도 기본적인 생존 영어는 할 수 있는 사람이 되자. 지구는 넓고 인생은 모르는 거다!"

그날 나는 결국 진도를 맞추기 위해 종이 칠 때까지 열정의 수업을 하고 말았다. 나른하고 더운 오후였음에도 원래 영어 수업을 좋아하던 아이들은 그런대로 수업을 열심히 들었다. "아, 쌤! 제발요!" 하고 외치며 수업을 저지하려던 아이들은 더 이상의 저항을 포기한 채 멍하니 깨어 있거나 너울너울 졸았다.

나는 그날 학생의 파파고 발언 이후로 아이들에게 영어 학습에 대한 동기부여를 어떻게 할지 고민이 더 깊어졌다. 이곳의 아이들에게 영어를 배워야 하는 이유와 동기가 너무도 부족하다는 명백한 사실, 그리고 거시적인 관점에서 이 시대의 영어교육이 처해 있는 현실을 직면했던 것이다. 당장 모든 아이들에게 적용될 수 있는 확실하고 단일한 동기부여 방법이 없다면(그런 마법 같은 게 있을 리 없으니) 아이들에게 지속적으로 다양한 동기를 제시하고 그냥 영어 수업을, 영어를 배우는 일 자체를 즐기게 해야 한다는 게 고민의 결론이었다. 자연스럽게, 스며들 듯이 즐길 수 있는 수업을 만드는 것.

학생들의 니즈에 맞춰 난이도를 조절해 쉬운 수업을 하고 있었지만, 더 재미있게, 더 거부감 없이 자연스레 영어를 학습하게끔 해야 했다. 고등학생들을 대상으로 그런 일이 이루어지게 하기란 쉽지 않다. 그러나 영어를 '당연히 열심히 해야 한다'는 식의 주먹구구식 수업과 동기 없는 열정의 강요는 먹히지 않는 상황이라는 걸 알고 있었다. 어떻게든 학생들을 수업에 참여하게 해야 한다는 의무감과 오기로, 주어진 교과서 콘텐츠를 쥐어짜서, 쉬운 강의식 수업, 간단한 활동 수업을 시도해보고 여러 차례 좌절을 겪던 시기였다. 아이들은 쉬운 편인 교과서 지문도 지루해하고 어려워했고, 나도 아이들을 어르고 달래가며 수업을 해야 하는 상황에 지쳐가고 있었다. 틀을 벗어나야 했다. 영어 공부를 포기하고 파파고에 의존하는 아이들을 양성할 수는 없으니.

결국 시간과 품을 들여 스탠딩 코미디 수준의 강의를 기획하면서, 최대한 많은 예시를 학생들의 관심사와 실생활에서 끌어와 제시하고, 아이들이 흥미를 갖고 몰입할 만한 적절한 콘텐츠를 주제로 한 역동적인 수업을 본격적으로 구상하기 시작했다. 에너지가 많이 드는 일이었고 성공 여부도 확실치 않았지만, 즐거운 수업을 만들고자 하는 의지와 오기가 추진력이 되었다.

수능을 치르지 않는 아이들이라도, 입시와 학업에 관심이 없어도, 수업에 대한 동기부여는 가능했다. 즐거움은 그 자체로 무언가를 지속하는 동기가 되니까. 영어 공부와 담을 쌓은 아이들이 대부분인 교실에서, 교과서 지문을 한 줄 한 줄 분석하며 단어를 외우라고 잔소리를 하는 건 아이들에게 실질적인 도움도, 마땅한 동기부여도 되지 않는다. 나는 완전히 새로운 수업을 위한 콘텐츠를 발굴하고 기획하고 계발하는 데 시간을 쏟았고, 얼마 지나지 않아 우연한 기회에 답을 얻었다.

✦ 혁명가가 울려 퍼진 교실
〈Les Miserables - Do You Hear the People Sing?〉
〈Viva La Vida〉, Coldplay

새로운 수업 프로젝트를 구상하느라 머리를 싸매고 고민하던 어느 날, 수업을 마치고 복도를 걷는데 별안간 아이들의 우렁찬 노랫소리가 들려왔다. 전체 학생의 90% 정도가 남학생인 학교에서 종종 들려오는 쩌렁쩌렁한 떼창 소리였지만, 특이점은 아이들이 영어로 노래를 부르고 있다는 것이었다.

들려오는 떼창의 근원지를 찾으니 복도 끝 교실에서 아이들이 다 같이 책상 위에 올라가 서로 어깨동무를 하고 밴드 콜드플레이Coldplay의 노래를 고래고래 부르고 있었다. 수업을 마치고 전자교탁 끄는 것을 깜빡한 선생님이 있었는지 아이들은 유튜브로 콜드플레이 라이브 영상을 틀어놓고 축제라도 열린 듯이 들썩이며 노래를 따라 부르고 있었다.

아이들의 노랫소리가 쩌렁쩌렁 울리는 복도에 서서 나는 교실 안을 들여다보았다. 옅은 미소가 지어졌다. 시끄럽다고 혼내며 분위기를 해칠 마음은 전혀 들지 않았다. 아이들은 그때 자신들이 얼마나 자유로워 보였는지 알까. 가장 빛나는 시절의 순간들은 스스로는 알지 못한 채 그 자체로 환하게 반짝이며 지나간다.

나는 수업을 5분쯤 일찍 마치는 날이면 아이들에게 신청곡을 받아서 유튜브로 노래를 한 곡씩 틀어주곤 했다. 내가 만든 DJ 타임, 영어 수업의 상쾌한 마무리 의식이었다. 단, 신청곡은 반드시 가사가 모두 영어로 된 노래여야만 했다. 영어 시간이니까!

이런 조건을 내걸고 신청곡을 받다 보면 나도 모르던 좋은 곡들과 새로운 뮤지션들을 발견하기도 했다. 노래를 들으며 수업을 마친 경험이 몇 번 쌓인 아이들은, 좋아하는 영어 노래를 들으며 수업을 마무리할 수 있다는 기대감에 부디 수업이 원활하게 진행되어 5분의 단비 같은 여유가 생기기를 간절히 바라며 시계를 흘끗흘끗 보곤 했다. 영어로 된 노래를 아이들의 취향에 맞게 틀어주는 건 아이들이 영어 수업을 기대하고 영어와 자연스레 친해질 수 있도록 유도하는 의도적인 장치였다. 경쟁을 뚫고 엄선된 신청곡을 들으며 (쇄도하는 신청곡 중에 재생할 적절한 곡을 고르는 건 DJ인 내 마음대로였다) 수업을 낭만 있게 마무리하는 것은 지친 아이들과 나 자신에게 환기가 되기도 해서 꽤 즐거웠다.

가끔 노래 제목이나 가사의 의미를 묻는 아이들에게 즉석에서 의미를 풀어 해석해주는 막간 강의를 하기도 했다. 그럴 때 아이들의 눈은—평소에 영어 수업에 별 관심이 없던 아이들의 눈까지도—유난히 반짝였다. 수업의 희열은 아이들의 눈이 반짝이고 유의미하게 함께하고 있음을 느끼는 그런 '살아 있는' 순간에 온다.

우렁찬 노래로 복도가 쩌렁쩌렁 울리던 그날, 아이들이 교실에서 부르던 노래는 콜드플레이의 〈Something Just Like This〉였다. 내가 그 반에서 수업을 마칠 때 몇 번 틀어준 적이 있는 노래였다. 그 반에는 음악에 일가견이 있는 학생이 하나 있었다. 아버지가 왕년에 기타리스트로 활동하셨다는 그 애는 영국 밴드들을 특히 좋아했다. 그 덕에 그 반 아이들은 영어 시간 마무리를 콜드플레이, 트래비스, 오아시스, 블러 등 영국 밴드들의 명곡으로 장식하는 행운을 누렸다. 비틀스의 노래들을 틀어달라는 요청이 쇄도하는 반은 그 반이 유일했다.(나와 음악 취향이 일치하는 반이었다)

콜드플레이의 〈Something Just Like This〉는 그 반 아이들이 하도 좋아해서 가사를 칠판에 적어가며 해석해준 적도 있었다. 그날 교실에서 고래고래 노래하던 아이들은 놀랍게도 노래 가사를 다 외운 듯 꽤 그럴싸하게 영어로 노래를 부르고 있었다. 복도에 서서 흐뭇한 마음으로 그 광경을 바라보던 내 머릿속에 문득 앞으로의 수업에 대한 번뜩이는 영감이 스쳤다. 흥에 겨운 아이들을 보며 속으로 외쳤다. '유레카!'

교무실로 돌아가 교과서를 펼쳐 'Songs with Messages'라는 단원명을 들여다보았다. 교과서의 틀을 벗어나고자 했지만 어쨌든 교과서 교육과정과 연계해서 수업을 해야 하기에 교과서를 뒤적이며 고민하다가 'Songs with Messages' 단원을 보고 노래를 소재로 하는 수업을 구상했었지만, 결국 적당한 난이도의 곡을 고르지 못해서 고민을 멈췄었다.

노래 가사를 가지고 수업을 하기에 '적당한 곡'을 고르는 건 생각보다 쉽지 않은 일이었다. 뻔하고 재미없는 수업은 하고 싶지 않고, 교과서에 실린 올드 팝송을 그대로 활용하면 별다른 서사 없는 평범한 수업이 될 것 같아서 내키지 않고, 수업 차시 분량도 고민해야 하고, 그래서 쓸 만한 노래들을 찾아보다 적당한 노래(가사가 적절한 난이도를 갖추되 학생들이 반복해서 들어도 질리지 않을 만큼 중독성 있으며 동시에 유치하지도 않으면서 메시지까지 있는 건전한 노래)를 고르지 못했다. 수업의 재료로 쓸 최고의 곡은 학생들이 좋아하는 곡 그리고 나도 함께 즐길 수 있는 익숙한 곡이라는 걸, 수업 구상 때문에 고민하던 밤에는 미처 생각하지 못했었다. 역시 지친 채로 야근할 때는 아무리 두뇌를 풀가동해서 고민해도 좋은 아이디어가 잘 나오지 않는다. 기회와 번뜩이는 영감은 예상치 못한 순간에 그렇게 선물처럼 찾아왔다.

그 시기에 마침 나는 휴 잭맨과 앤 해서웨이 등이 주연한 뮤지컬 영화 〈Les Miserables레 미제라블〉(2012)을 몇 번이고 다시 보며 과몰입하던 중이었다. 영화의 서사와 노래들에 중독되어 하루에도 몇 번씩 장면들을 떠올리며 벅차

오르는 감정을 느꼈다. 나는 영화의 한 장면과 아이들이 어깨동무를 하고 떼창을 하던 장면을 겹쳐 떠올렸다. 영화 〈Les Miserables〉에서 시민들이 부르는 혁명의 노래가 광장에 울려 퍼지는 장면, "Do you hear the people sing? Singing a song of angry men"으로 시작하는 웅장한 노래가 주는 울림, 그 장면을 보며 느낀 벅찬 감정을 떠올렸다. 영화의 주제가인 그 혁명가(〈Revolutionary Theme Song〉)의 가사는 아이들이 쉽게 배울 수 있고 학습하기에 유익하고 건전하며 완벽한 서사까지 갖추고 있었다. 그토록 찾던 완벽한 노래였다.

영화에 묘사된 프랑스 시민혁명 서사를 떠올리면서, 나는 아이들이 좋아하던 콜드플레이의 또 다른 노래 〈Viva La Vida〉를 떠올렸다.

콜드플레이의 대표 인기곡 중 하나인 〈Viva La Vida〉가 들어 있는 동명의 앨범 재킷은 '민중을 이끄는 자유의 여신' 그림을 배경으로 한다. 익숙한 명화 위에 노래 제목이 거친 필체로 쓰여 있는 앨범 재킷은 꽤 인상 깊다.

〈Viva La Vida〉의 가사는 몰락한 왕(시민혁명에 의해 처형될 운명에 놓인 왕)을 화자로 설정해 그의 시점에서 풀어내는

콜드플레이의 앨범 <Viva La Vida>의 앨범 아트

이야기이다. 노래의 힘찬 분위기, 중독성 있는 후렴 때문에 별 생각 없이 종종 들었는데, 가사 내용이 프랑스 혁명과 관련 있다는 내용의 포스팅을 인터넷에서 스치듯 본 기억이 났다. 구글링을 해서 노래 내용과 그 배경에 대해 상세히 정리한 포스팅을 찾아 정독했다. 프랑스의 왕 루이 16

세가 시민혁명에 의해 몰락하고 단두대 처형을 앞둔 때의 심정을 그의 관점에서 이야기하듯 노래한 것이 〈Viva La Vida〉의 내용이라는 설명을 읽고, 내친 김에 프랑스 시민혁명의 역사를 요약한 문서까지 읽으며 오랜만에 세계사의 중요한 부분을 다시 훑었다.

〈Viva La Vida〉라는 노래 제목은 스페인어(대략 '인생 만세'라는 뜻)이지만 노래 가사는 모두 영어로 쓰였고, 수업에서 다루기에 적절한 다양한 어휘와 표현들이 포함되어 있었다. 아이들도 좋아하는 노래였고 대중적인 곡인 데다 배경이 되는 서사까지 갖추었으니, 이 노래 또한 내가 찾던 바로 그 노래였다. 그렇게 영화 〈Les Miserables〉의 시민혁명 주제가와 콜드플레이의 〈Viva La Vida〉가 새로운 수업의 콘텐츠로 선정되었다.

수업을 준비하는 내내 즐거웠다. 평가 기간까지 시간은 충분했다. 뮤지컬 영화 〈Les Miserables〉을 아이들에게 보여주어 서사를 이해하게 하고 흥미를 끌고, 혁명 주제가를 들려주고, 가사 내용을 풀이하는 수업을 하고, 프랑스 시민혁명을 다루는 영화의 내용과 연계, 확장하여 콜드플레이의 〈Viva La Vida〉를 다루기로 했다. 아이들 모두 참여할 수 있는 수업을 만들기 위해 차시를 정교하게 설계하고 자료를 세심하게 구축했다. 두 달 동안 아이들은 영어 노래 두 곡을 완벽하게 이해하고, 분석하고, 가사를 외워 노래할 수 있게 될 터였다. 문화예술 콘텐츠를 접하면서 프랑스 시민혁명에 대한 배경지식까지 자연스레 얻을 수 있는, 내가 꿈꾸던 완벽한 서사를 갖춘 수업이었다.

"이제부터 우리는 세 시간에 나눠서 유명한 뮤지컬 영화를 볼 거고, 그 영화에 나오는 혁명 주제가를 배울 거야. 그리고 영화의 주제랑 관련 있는 콜드플레이 노래도 공부할 거야. 자신 있는 사람들은 가사를 외워서 교실 앞에서 노래를 해볼 기회도 있을 거고, 투표해서 상품도 줄 거야."

앞으로의 수업에 대해 설명했을 때 아이들의 반응은 기대했던 것보다는 미적지근했지만(수업이란 걸 본질적으로 지루한 것으로 여기고 있는데 뭘 어떻게 하겠다는 건지 와닿지 않는 모양이었다) 눈을 반짝이며 질문을 하거나 탄성을 내며 기대감을 보이는 아이들도 있었다. 오리엔테이션을 마치고 영화를 처음으로 재생하기 전에 "영화에 나오는 노래 따라 불러요? 콜드플레이 노래 중에 무슨 노래 수업해요?" 하고 적극적으로 질문하는 아이도 있었다. 영화 〈Les

Miserables〉을 이미 본 적 있고 좋아한다는 아이들도 있었다. 전과는 다르게, 앞으로 배울 내용에 대해 질문들과 적극적인 반응이 나왔다는 것만으로 절반은 성공한 기분이었다. 아이들은 책상에서 교과서를 치워도 된다는 사실에 기뻐했다.

영화는 고전 명작을 원작으로 한 웰메이드 뮤지컬 영화이기에 아이들도 쉽게 몰입할 수 있었다. 익숙한 배우들이 연기한 등장인물들도 매력적이며, 서사의 기승전결과 메시지가 확실했다. 보통은 수업 시간에 졸던 아이들까지 영화를 볼 때는 꽤 몰입해서 감상했다. 수업에 콘텐츠를 적절하게 활용하는 것은 흥미 유발과 집중 유도 차원에서 효과적이다. 영화를 한 차시 보고 나면, 다음 차시에 이어서 재생하기 전에 이전 시간에 본 내용에 대한 간단한 퀴즈를 냈다. 치열한 퀴즈 배틀이었다. 경쟁을 뚫고 승리한 퀴즈 우승자는 소소한 간식 상품을 얻고 자랑스러운 얼굴로 영화에 집중하곤 했다. 영화 〈Les Miserables〉에서 혁명을 도모하는 시민들이 광장에 모여 혁명의 시작을 알리는 노래 〈Do You Hear The People Sing?〉을 부르는 장면을 보여주고 나서, 이 노래의 가사를 공부할 거라고 아이들에게 알려주었다. 갈등이 고조되는 부분이기도 하고 시민들이 결의에 차서 부르는 노래가 주는 울림이 있기에 아이들은 충분히 몰입하고 있었다.

영화 감상을 마치고 본격적으로 노래 가사 분석을 시작했을 때, 이전에 교과서 지문을 가지고 수업할 때와는 확연히 다른 분위기가 느껴졌다. 내가 그리워하던 교실의 분위기, 아이들이 순수한 흥미와 관심을 가지고 수업에 집중하는 분위기가 느껴졌다. 영어 시간에 한 번도 끝까지 깨어 있는 적이 없던, 뒷자리 책상 위에 무기력하게 엎드리곤 하던 학생이 어휘 학습을 마친 차시에 학습지를 들고 질문을 하러 나왔을 때의 기쁨이란…. 그 애는 노래의 가사 밑에 해석 하나하나를 적용해 직역해놓은 것을 내게 보여주며 어떻게 하면 단어들이 더 자연스럽게 연결될지를 물었다. 나는 부자연스러운 직역이 자연스러운 노랫말이 되게끔 연결하고 다듬는 과정을 학생에게 보여주며 설명했다. 노래가 어떤지, 이번 수업이 어떤지 넌지시 묻자 아이는 어색한 듯 주뼛거리며 대답했다.

“재밌어요. 영어 가사 뜻을 제대로 다 이해한 게 처음이에요.”

나는 입이 귀에 걸리도록 미소를 지었다. 할 수 있는 모든 긍정적인 피드백으로 칭찬을 하고 교실을 나설 때, 그때까지 겪은 좌절을 다 보상받는 것 같았다. 소소하고 흔해 보이는 그 작은 성취는 나에게 아주 커다란 의미였다. 그날 이후로 그 아이가 영어 시간에 깨어 있으려고 노력하는 게 눈에 띄었다. 영어 공부에 재미를 붙인 듯했다.

그 아이처럼 이전에는 별 관심이 없다가 새로운 수업을 시작한 이후로 눈을 반짝이는 아이들이 늘었다. 아이들은 마치 춤을 추듯 즐겁고 자연스럽게 영어 단어, 표현들과 노랫말에 익숙해져갔다. 그럼에도 관심이 없거나 피곤해서 잠을 청하는 아이는 여전히 있었지만, 더 이상 지루해서 하품을 하고 멍한 눈으로 허공만 응시하는 아이는 없었다. 열정적이고 활기 있는 교실 분위기가 서로에게 전염되었다. 얼마 지나지 않아 교실에는 영화 속 혁명가가 우렁차게 울려 퍼졌다.

Do you hear the people sing?

Do you hear the people sing?

Singing a song of angry men

It is the music of the people who will not be slaves again

When the beating of your heart echoes the beating of the drums

There is a life about to start when tomorrow comes!

Will you join in our crusade?

Who will be strong and stand with me?

Beyond the barricade, is there a world you long to see?

Then join in the fight that will give you the right to be free!

Do you hear the people sing?

Singing the song of angry men

It is the music of the people who will not be slaves again

When the beating of your heart echoes the beating of the drums

There is a life about to start when tomorrow comes!

Will you give all you can give so that our banner may advance?
Some will fall and some will live
Will you stand up and take your chance?
The blood of the martyrs will water the meadows of France!

Do you hear the people sing?
Singing the song of angry men
It is the music of the people who will not be slaves again
When the beating of your heart echoes the beating of the drums
There is a life about to start when tomorrow comes!

〈Les Miserables〉의 주제가를 익히고 나서 영화의 시대적 배경에 대한 짧은 문서를 영어 원문으로 소개했다. 그리고 아이들이 기다리던 콜드플레이의 〈Viva La Vida〉 수업을 시작했다. 〈Do You Hear the People Sing?〉의 마지막 차시를 마치며 다음 차시 예고편으로 콜드플레이의 〈Viva La Vida〉 뮤직비디오를 틀어주었을 때, 아이들은 열광했다.

영화의 혁명 주제가를 분석한 후에 익숙한 콜드플레이의 노래로 수업을 확장해가자 전반적인 수업 몰입도가 더 높아졌다. 아이들이 처음에 감상한 뮤직비디오는 황석희 번역가의 한글 자막이 달린 영상이었다. 가사의 내용을 모른 채 곡을 즐겨 듣던 아이들은 가사의 내용을 알고 나서 이 노래가 이런 내용이었냐며 어리둥절해하기도 했다. 웅장한 사운드가 주는 에너지와 힘찬 분위기와는 다르게, 처형을 앞둔 왕의 절망적인 심정을 노래한 내용이라는 게 의아했을 것이다. 익숙한 콜드플레이의 노래를 듣고 흥얼거리는 것만으로 교실은 활기를 띠었다. 아이들은 드디어 영어 시간을 '재미있는' '기다려지는' 시간으로 인식하는 듯했다. 의도하고 기대했던 결과였다.

프랑스 시민혁명에 대해 이야기하고 '마지막 루이'로 불리는 프랑스 왕 루이 16세의 죽음에 대해 설명한 후 〈Viva La Vida〉의 가사를 분석하기 시작했을 때, 아이들은 어려운 단어도 대수롭지 않게 암기하고, 노래 내용에 대해 흥미를 가지고 몰입했다. 수업에 참여하지 않는 아이가 소수가 되는 분위기가 자연스럽게 지속되었다.

교실 안의 공기와 파장이 바뀌는 걸 감지하는 그 기분, 열정을 가지고 수업을 해본 사람이라면, 그리고 수업에 참여해본 사람이라면 알고 있을 것이다. 긍정적인 변화에 나는 비로소 교실에서 살아 있는 것 같은 기분을 느꼈다. 이전에는 교실에 들어가는 게 숨막혔지만 더 이상 그렇지 않았다. 혼자서 매시간 분투하다 지치던 시절이 지났다는 생각에 기뻤다. 이제는 다수의 아이들이 열의와 흥미를 가지고 수업에 참여했고, 내 수업을 기다리고 환영하는 아이들이 있었다.

다 함께 노래를 한 구절씩 따라 부르며 어휘와 표현들을 분석하고 노래의 주제와 서사를 이해하는 과정이 꽤 즐거웠다. 마치 찬트chant를 따라 부르며 영어를 익히는 것 같은 이런 모습은 일반적인 고등학교 교실에서는 보기 드문 장면일 테지만, 특성화고에서 함께한 학생들과는 그런 활기차고 역동적인 수업이 가능했다. 가능하기만 한 게 아니라 가시적인 큰 효과가 있었기에 의미가 있었다. 대학 입시로부터 자유로운 학생들이 대다수라는 점이 특성화고에서의 일반교과 수업을 어렵게 만드는 요소로 작용하기도 하지만, 오히려 형식과 틀에서 벗어날 수 있다는 점에 주목하면 긍정적인 요소로 작용하기도 한다. 영화와 노래를 활용해 재미있는 수업을 아이들과 함께 만들 수 있어 뜻깊었다. 수업을 잘 따라와준 학생들 덕분에 가능성과 즐거움을 만끽하며 한 시절을 보냈다. 그때 학생들은 '입시를 위해' 영어를 배우는 것이 아니라 순전히 '흥미'와 '즐거움'이 동기이자 목표가 되어 영어를 공부했다. 나 또한 수업 자체에 몰입해서 즐겁게 에너지를 쏟았다. 그렇게 함께 살아 있는 영어 수업을 한 기억이 오래도록 좋은 추억으로 남아 있다.

처음부터 아이들과 그런 수업을 만들 수는 없었다. 그전에 나는 서툴렀고, 시도했던 것들은 어설프게 성공하거나 실패했다. 학생들과 충분한 라포rapport를 형성해야 가능한 수업이기도 했다. 시간이 쌓여 아이들과 서로를 파악하고 친밀감도 생기자 함께 노래하는 수업을 자연스레 만들어갈 수 있었다. 교실에서 아이들과 함께 노래를 부르던 그 여름은 콜드플레이의 노래 제목 〈Viva La Vida〉처럼 '인생 만세!' 같은 시절이었다.(영어 만세! 같기도 했다) 매 수업은 노래를 재생하고 함께 부르며 시작되었고, 수업을 마칠 때는 콜드플레이의 또 다른 노래들을 감상하며 가사에 대한 아이들의 궁금증을 해결해주기도 했다.

Viva La Vida - Coldplay

I used to rule the world
Seas would rise when I gave the word
Now in the morning I sleep alone
Sweep the streets I used to own

I used to roll the dice
Feel the fear in my enemy's eyes
Listen as the crowd would sing
"Now the old king is dead! Long live the king!"

One minute I held the key
Next the walls were closed on me
And I discovered that my castles stand

Upon pillars of salt and pillars of sand

I hear Jerusalem bells are ringing
Roman Cavalry choirs are singing
Be my mirror my sword and shield
My missionaries in a foreign field
For some reason I can't explain
Once you there was never, never an honest word
And that was when I ruled the world

It was the wicked and wild wind
Blew down the doors to let me in
Shattered windows and the sound of drums
People couldn't believe what I'd become
Revolutionaries wait for my head on a silver plate
Just a puppet on a lonely string
Oh who would ever want to be king?

I hear Jerusalem bells are ringing

Roman Cavalry choirs are singing
Be my mirror my sword and shield
My missionaries in a foreign field
For some reason I can't explain
I know Saint Peter won't call my name
Never an honest word
But that was when I ruled the world

첫 근무지에서 아이들과 함께 해낸 것들, 그곳에서만 경험할 수 있었던 수업들이 얼마나 특별했는지 종종 생각한다. 아이들의 특성과 수요를 분석해 참신하고 자유로운 수업을 시도해본 경험은 이후에도 큰 디딤돌이 되었다. 입시를 위한 수업이 아닌 오로지 '영어를 즐겁게 배우는' 수업을 할 수 있었던 환경은, 지나고 보니 고등학교 교사로서 경험하기 힘든 축복이었다.

절망적으로 보이던 학생들이 깨어나고 성장하는 모습은 더 빠르고 확실하게 눈에 띄었고, 그 과정을 지켜보며 응원하는 것이 기뻤다. 아이들의 눈에 빛이 들던 순간들, 호기심과 배움의 기쁨이 만연하던 교실의 공기를 기억한다. 함께 노래하며 살아 있음을 느꼈던 교실의 기억이 아이들에게도 좋은 추억의 한 조각으로 남았기를 바란다.

✦ 방과후 영어 회화반
〈Modern Family〉와 Modern Kids

방과후 영어 회화반:

〈Modern Family〉에 함께할 Modern Kids 모집

매주 화, 목 방과후 석식 전

신청 마감 0월 0일 0시까지

신청할 아이들이 많지 않을 거라 예상하고 간단한 모집 공고를 교실마다 게시했다. 방과후 교실 예산이 편성됨에 따라 수업은 의무적으로 개설되어야 했는데, 과연 아이들이 정규 수업 시간 이후까지 학교에 남아 추가로 수업을 듣고자 할지 의문이었다. 처음 예상했던 수강 인원은 대여섯 명 남짓.

안일했던 내 예상과 달리 수강 신청이 쇄도했다. 전반적으로 신청률이 저조하지 않게끔 독려가 된 것 같았고, 안일하게도 모집 공고문에 유명 미드 제목을 그대로 넣어 아이들의 지나친(?) 관심을 끈 것이 원인인 듯했다.

몇몇 아이들은 우르르 나를 찾아와 "쌤, 방과후 수업 때 미드 봐요?" "영어 회화반 신청하면 저녁 먹기 전에 미드 보면서 노는 거 맞아요?" 하고 천진하게 물었다. 방과후 수업에서 '놀 수 있다'는 생각을 한 건 어찌 보면 괘씸할 수 있지만 어찌 보면 또 기특한 생각이었다. 나는 '놀면서 친해지는' 방식으로 영어와 친해져서 결국 전공까지 하게 된 사람이라, '방과후 수업 때 미드 보면서 놀 수 있다'는 아이들 말이 어느 정도 맞을 수 있다고, 놀면서 배우는 시간을 만들 수 있다고 생각했다.

"그래, 방과후 회화반 오면 미드 보면서 놀거야. 〈Modern Family모던 패밀리〉 보면서 회화 공부 하는 프로그램이야. 마냥 놀 건 아니지만 어쨌든 놀면서 배울 수 있게끔 해보자."

아이들에게 너무 긍정적으로 답을 한 탓인지 예상치 못한 수요가 몰렸다. "미드 본다!"를 외치며 방과후 교실에 뛰어들 듯 입장하는 아이들을 한 명씩 찬찬히 보니, 이 아이들이 딱히 '영어 회화'에 진심이려나 싶어 걱정스러웠다.

그래도 이미 벌어진 일, 어쩔 수 없었다. 잘해봐야지, 오히려 좋아. 그렇게 나의 방과후 영어 회화반은 얼떨결에 나름 '인기 방과후 수업' 대열에 들어섰다. 패밀리 시트콤으로 유명한 미드를 보면서 시간을 보낼 수 있다는 것만으로 아이들에게 꽤 매력적인 요소였던 것이다. 〈Modern Family〉를 이미 다 봤지만 영어 선생님이랑 애들이랑 같이 정주행하면 더 재밌을 것 같아서 또 보려고 신청했다는 아이들도 있었다.

사실은 정규 수업들과 업무에 쫓겨 급하게 기획하고 개설한 수업이었는데, 아이들로부터 그런 말을 들으니까 의욕이 생겼다. 새로운 활력이 될 수 있다는 생각이 듦과 동시에, 잘해야 한다는 부담감도 생겼다.(수업을 기획할 때마다 겪는 익숙한 레퍼토리) 드라마를 다시 찬찬히 톺아보면서 쓸 만한 회화 표현들을 뽑아내어 학습 자료를 만들었다. 그 과정이 꽤 즐거웠다.

〈Modern Family〉 시즌 1 에피소드들은 베이직하고 클래식한 패밀리 시트콤 시리즈 서사를 띠고 있는 만큼, 뽑아낼 수 있는 기본적인 회화 표현들이 많았다. 아이들에게 다이얼로그(대화문) 응용 연습을 시킬 주요 회화 표현들을 엄선해서 정리했다. 〈Modern Family〉 시즌 1 에피소드들, 회화 표현이 정리된 학습지, 그리고 "미드 본다!"를 외치며 방과후 교실에 뛰어든 'Modern Kids모던 키즈'가 방과후 영어 회화반을 완성했다. 그렇게 얼렁뚱땅 시작된 방과후 영어 회화반은 예상외로 꽤나 진지하고 즐겁고 의미 있는 방향으로 흘러갔다.

처음에 아이들은 20분 남짓의 에피소드 하나를 한글 자막이 켜진 채로 시청하며 다 함께 낄낄대기도 하고 자유롭게 이야기도 나눴다. 〈Modern Family〉는 학생들에게도 익숙한 대중적인 시리즈라 문화적 배경에 대해 아주 상세한 설명이 필요하지는 않았지만, 서사의 핵심 요소이자 시리즈가 표방하는 주제인 '다양성' '가족 문화(family culture)'에 대해 한국 사회와 비교해서 설명하는 시간은 필요했다. 작품 배경 설명보다 '미드를 본다'는 사실 자체에 흥분해 있던 학생들은 설명이 시작되고 잠시 가라앉는 분위기에 김이 샌 듯도 했지만, 눈을 반짝이며 열심히 설명을 듣는 아이들도 있었다.

"이 시리즈에 현대사회에 있는 다양한 형태의 가족이 나오니까 제목이 〈Modern Family〉인 거죠?"

내 긴 설명을 한마디로 똑 부러지게 요약한 학생의 말에 주변에서는 "오~" 하는 전형적인 리액션이 나왔다.(빨리 미드를 재생해주기를 바라며 적극적으로 요약하고 질문하던 아이들, 기특하여라)

"맞아, 앞으로도 가족의 형태는 계속 다양해질 거고, 〈Modern Family〉 시리즈에서 묘사하는 다양한 가족 형태는 지금 글로벌 사회에서는 이미 익숙한 모습이야. 오히려 지금 시점에서는 이 시리즈 초창기에 묘사된 모습도 다소 올드하게 느껴질 정도야. 아직 한국 사회는 갈 길이 멀고 완전히 융합된 다문화 사회로 접어들지 않았지만, 전반적인 시민의식과 다문화 사회에 대한 인식이 더 나은 방향으로 발전해야겠지."

이미 학교에 다문화 가정 학생들이 몇 명 있었음에도 불구하고 아이들 사이에서는 인종차별주의적인 태도나 그에 기반한 농담이 만연했다. 외모가 다른 다문화 가정 학생들을 은근하게 놀림거리 삼는 일이 많았다. 다문화 배경을 가진 학생들은 이름이나 생김새로 놀림 받는 일이 익숙해 보였고, 그런 상황을 목격할 때마다 마음이 불편했다. 그렇다고 매번 주변 아이들의 언행을 하나씩 꼬집어 지도하는 것도 쉽지 않았다. '평범하고 일반적이지 않은 것' '나, 우리와는 다른 것'을 배척하는 문화(라기보다 병폐라고 부르고 싶다)가 학교 안 또래집단에서 고유하게 관찰될 때마다 아주 씁쓸했다.

매체의 영향력, 파급력을 잘 알고 있는 사람으로서 나는 아이들이 쉽고 재미있게 접할 수 있는 매체를 잘 활용하면, 현대의 세계시민으로 살아가기 위해 필요한 태도와 지식들을 아이들이 자연스럽게 내재화하게끔 도울 수 있다는 걸 염두에 두고 있었다.(그때도 지금도 〈Modern Family〉 시리즈의 맹점과 아쉬운 점들이 보이지만, 아이들에게 다문화 사회의 포용과 편견 없는 인식, 세대 간의 갈등 해소와 다양한 가족 문화에 대해 가르치기에는 적절한 매체였다고 생각한다)

"무엇보다 중요한 건 이 시리즈에서 묘사하는 서로가 서로를 받아들이는 태도, 다양한 가족이 더불어 살아가는 사회의 모습이야."

아이들은 하나의 에피소드를 한글 자막과 함께 시청하

고 나서 영어 자막이 켜진 채로 한 번 더 시청했다. 학습지에 있는 주요 회화 표현들을 익히고, 해당 대사가 나오는 부분을 다시 재생하면서 표현이 쓰이는 맥락을 함께 보았다. 에피소드를 감상하고 난 다음 차시에 아이들은 주요 표현들이 담긴 스크립트를 서로 다이얼로그 형식으로 주고받으며 연습하고 응용문을 만들었다. 처음에는 귀찮다는 듯 어색하게 굴던 아이들도, 수업 회차가 진행될수록 점점 자연스럽게 영어 지문을 읽고 대화를 주고받았다. 그런 스미는 듯한 자연스러움, 거리낌 없는 태도가 자신 있는 외국어 회화를 위한 첫걸음이었다. 배운 표현들을 활용해 문장을 만들어내고 상황극을 하던 날, 아이들은 기대 이상의 열연으로 나를 웃게 했다. 웃다가 눈물이 날 만큼 재밌는 순간들이 있었다. 모든 아이들이 완벽한 맥락과 완벽한 어법으로 완벽한 문장을 쓴 건 아니었지만, 그대로 다 좋았다. 아이들의 노력과 자신 있는 발화, 즐거운 순간들 그 자체로.

방과후 수업이 진행되면서 또 다른 변화를 목격할 수 있었다. 서로에게 종종 '너 게이냐?' '게이 같은 XX' 하는 성소수자 혐오 표현을 남발하곤 하던 남학생들이 언젠가부터

'게이 같다'며 친구를 놀리는 행위를 멈췄다. 멈췄다기보다, 눈치를 보거나 덜 하기 시작했다.(〈Modern Family〉 시리즈에는 동성 결혼을 한 남성 부부가 주인공 중 한 커플로 등장한다)

당시 함께 정규 수업을 하던 원어민 교사가 있었는데, 캐나다에서 와 한국어 공부에 열심이던 그는 아이들이 아무렇지 않게 쓰는 갖가지 혐오 표현에 충격을 받고 실의에 빠졌다가, 언젠가부터 아이들이 혐오 표현을 (적어도 교사들 앞에선) 조금 덜 쓰는 것 같다며 좋은 변화라고 이야기했다. 내가 진행 중인 방과후 영어 회화반 수업에 대해 이야기하자 그는 이렇게 말하며 눈을 빛냈다.

"That's why the kids started to watch their language. Now they choose words more carefully than before, at least in front of us or other foreign kids." (그래서 아이들이 말조심하기 시작한 거구나. 학생들이 전보다 더 조심스럽게 말을 고르고 있어, 최소한 우리 앞에서나 다른 다문화 학생들 앞에서는)

그는 " This is what EDUCATION is." (이게 바로 교육이지)라는 명언을 남겼다.

소규모 집단 내 또래 문화의 변화는 느리지만 확실하게 찾아왔다. 아이들은 '현대의 아이들(Modern Kids)'로 거듭

나기 위해 갖추어야 할 기본적인 소양들을 매체를 통한 학습과 깨달음, 자기반성을 통해 갖추어가고 있었다. 기쁜 변화였다. '외노자' '흑형' 같은 비하적 표현을 무분별하게 쓰던 아이들도, 이제는 그런 표현을 분별없이 뱉는 행동은 문제가 있다는 걸 어느 정도 인식하게 된 것 같았다.

10대 아이들 수백 명 사이에 난무하는 잘못된 언어 습관, 버려야 할 표현들을 매번 일일이 다 교정하고 지도할 수 없어 골치 아프던 매일매일. 우리는 어쩌면 보다 자연스럽게 아이들을 혐오 표현들로부터 멀어지게 할 수 있을지도 모른다.(시간과 환경이 허락한다면!) 새로운 해결책의 성공 여부는 확실치 않지만, 운이 좋다면 성공할 수도 있다. 학생들에게 나쁜 습관, 나쁜 문화만큼 좋은 습관과 좋은 문화가 빠르게 퍼지기를, 크고 작은 좋은 변화들이 학교 현장에서서히 그러나 반드시 일어나기를 간절히 바란다.

새로운 언어를 습득하는 과정에서 해당 언어권의 문화적인 요소, 나아가 사고방식까지도 내면화하게 된다는 이론은 내가 좋아하는 언어 습득 이론 중 하나다. 아이들은 〈Modern Family〉를 시청하고 회화 표현들을 익히면서 현대사회(Modern Society)를 살아가는 데에 있어 필요한 문화적 지식과 태도를 자연스레 습득했다. 한 명이 변화하면 그와 연결된 여러 명이 함께 변화한다. 10대 또래집단의 경우 그 변화는 더욱 빠르고 가시적이다.

언어를 배우고 다루는 일은 단순히 언어 자체에만 국한되지 않는다. 언어를 배우고 활용하면서 접하는 모든 형태의 매체가 학습자에게 영향을 끼치고 새로운 정보를 제공한다. 새로운 언어를 통해 새로운 문화와 새로운 세계를 직접 경험한다면, 변화는 당사자와 그 주변에 더욱 크고 깊게 작용한다.

〈Modern Family〉와 함께 웃고 떠들며 공부하던 Modern Kids. 아이들은 단순히 회화만 배운 게 아니었다. 무분별하게 쓰던 혐오 표현, 누군가를 배척하고 소외시키는 말들을 버리고, 타인을 쉽게 타자화하고 재단하던 날들의 부끄러움을 깨닫고 스스로 변화하며 앞으로 나아가는 것, 그것은 현대의 어른들도 잘 해내지 못하는 일이 아니던가. 아이들이 발전하고 성장하는 모습을 지켜보는 것은 더할 나위 없는 큰 기쁨이었고, 정규 수업 외의 방과후 수업에까지 열과 성을 다해 에너지를 쏟으며 체력적으로는 지치더라도 마음은 지치지 않았다. 무엇보다, 수업을 하면서 많이 웃었다.

10주간 20회 진행한 방과후 수업에서 시간 관계상 아이들과 〈Modern Family〉 시즌 1의 모든 에피소드를 함께 시청하지는 못했다. 마지막 수업을 할 때 아이들은 (이례적으로) 몹시 아쉬워했다. 중요한 에피소드와 중요한 영어 표현들을 골라 아이들에게 제공한 나로서도, 더 많은 깨달음의 순간과 즐거운 순간들, 더 많은 생각거리와 웃음소리를 함께 나누지 못해 아쉬웠다. 보통은 방과후 수업이 끝나면 그저 홀가분하기 마련인데, Modern Kids와 함께한 방과후 영어 회화반은 끝맺는 것이 아쉬울 만큼 특별하고 즐거운 수업이었다.

지금 세상 어딘가에서 자신을 향한 편견과 싸우거나 타인을 향한 만연한 편견에 자신을 내어주지 않도록 분투하고 있을 모든 Modern Kids를 응원한다. 우리 모두 지금을 살아가는 Modern Citizen모던 시티즌, Modern People모던 피플로서 배움을 멈추지 않기를 염원한다.

너 그림을 정말 잘 그리는구나

시험 기간, 고사 업무를 담당하는 성적계임에도 감독교사 수가 부족해서 시험 감독관으로 교실에 종종 들어갔다. 일반교과 시험지를 받고 끝까지 문제를 푸는 학생은 많지 않았다.

하루는 2학년 교실에 수학 시험 감독으로 들어갔는데, 영어 시간에 항상 엎드려 자던 한 아이가 시험 시간 내내 깨어서 시험지에 무언가를 끄적이고 있었다. 교실 맨 뒤에서 펜을 들고 열중하는 아이를 보면서 '저 애는 영어에만 관심이 없는 거였고 수학은 꽤 하나 보다.' 하고 생각했다.

종료령이 울리고 답안 카드를 걷으러 교실 뒤로 가서 그 아이의 책상 위를 보았을 때, 나는 놀라서 헉 소리를 낼 뻔했다. 시험 시간 내내 펜을 들고 있던 아이가 수학 시험지 위에 동양화 비스무리한, 거대한 용이 있는 휘황찬란한 그림을 그려놓았던 것이다. 시험지의 글자들, 수학 문자들과 어우러진 그 그림은 사진을 찍을 수 있다면 찍고 싶을 정도로 멋지고 독특했다.

아이의 답안 카드는 텅 비어 있었다. 나는 잠시 그림을 빤히 들여다보았고, 학생은 내가 답안카드를 걷다 멈칫하자 "왜요, 저 학번 마킹 했어요. 문제는 안 풀었어요." 하고 텅 빈 답안 카드에 대해 해명했다. 나는 아이의 얼굴을 한 번 보고, 그림을 다시 한번 쳐다보고 속으로 감탄하며 덤덤하게 말했다.

"아니, 그림이 너무 멋있어서. 너 그림을 정말 잘 그리는구나."

답안 카드를 걷어가는 나를 어리둥절한 채 바라보는 아이의 시선이 등 뒤에서 느껴졌다.

그 후로 나는 오랫동안 그 그림을 생각했다. 교무실에서 업무를 하고 있으면 독특한 그 그림의 잔상이 떠오르곤 했다. 영어 시간 내내 엎드려 자던 그 학생은 검은색 펜 하나로 시험 시간 동안 시험지 위에 엄청난 그림을 그려냈다. 그냥 심심해서 시간을 때우기 위해 그렸을 그 그림이 얼마나 인상적이고 독특한지 학생 스스로 알고 있을지 궁금했다.

사람은 누구나 자신만의 재능, 잘해내는 고유한 영역이 있다. 그것이 음악, 미술, 체육, 댄스, 연기 등 다양한 분야의 예체능 계열 재능이든, 사람을 대하고 호감을 얻는 재능이든, 무언가를 기획하거나 관리하는 재능이든, 동식물을 잘 돌보는 재능이든, 살림의 재능이든, 언어의 재능이든, 암기의 재능이든, 느리지만 끈기 있게 해내는 재능이든, 긍정적인 면을 잘 발견하는 재능이든 그 어떤 것이든 간에 개개인이 가진 고유한 재능은 너무도 다채롭고 특별하다.

첫 발령을 받고 적응하던 몇 달 동안 나는 아이들 각자가 가지고 있을 재능에 대해 깊이 생각하고 들여다볼 여유가 없었다. 그저 하루하루 잘 버티기에 바빴다. 그런데 그날 그 학생의 그림을 보고 새삼 깨달았던 것이다. 영어 시간에 무기력하던 아이도, 학기 내내 엎드려 자기만 하던 아이도 다 각자의 재능을 갖고 나름의 삶을 꾸려가고 있다는 당연한 사실을. 그동안 영어 시간에 무기력하게 있는 아이들을 단지 무기력한 대상으로만 인식하던 스스로를 반성했다. 아이들의 재능을 발견하고 칭찬하고 북돋아주고 싶다는 새로운 의지가 생겼다. 반드시 노력을 기울여 해내야 하는 일이라는 생각이 들었다.

그 이후로 많은 것이 변했다. 한번은 수업을 하러 교실에 들어갔는데 학생들이 힙합 예능을 전자교탁에 틀어놓고 랩을 따라 하고 있었다. 이전처럼 한숨을 쉬고 '당장 끄고 자리에 앉아라.' 하고 소리치는 대신에, 나는 아이들을 잠시 지켜보다 랩을 꽤 잘하는 학생에게 "너 랩을 진짜 잘하네. 축제 때 공연 해보는 거 어때? 너네끼리 힙합 동아리 만들어서 같이 해도 재밌겠다." 하고 말을 건넸다.

의외의 반응에 잠시 당황하던 아이가 밝은 얼굴로 "아, 영어 쌤이 뭘 좀 아시네요." 하며 앞으로의 계획을 자랑스레 말했다. 축제 때 무대에 설 예정이라고 했다. 사운드 클라우드에 등록한 음원도 있다고 했다. 랩을 잘해도 학교 수업 시간에는 재능을 펼칠 수 없으니, 쉬는 시간과 학교 행사 때 마음껏 재능을 펼치면 좋을 일이었다.

수업 시간에 자주 졸던 아이가 쉬는 시간에 고장 난 펜을 모조리 분해해 재조립하는 걸 보았을 때도, "너 손재주가 좋네, 집중력도 좋고. 전공 실습 점수도 좋을 것 같다."

하고 칭찬을 건넸다. “감사합니다, 저 고장 난 거 잘 고쳐요. 부탁할 거 있으면 말씀하세요.” 하고 상냥하게 답하던 그 아이는 그 후로 영어 시간에 졸지 않으려고 노력하는 게 보였다.

누구에게나 칭찬할 점은 있고, 누구나 칭찬을 좋아한다. 칭찬은 한 사람의 하루를 기분 좋게 만들기도 하고 나아가 인생을 바꿀 수 있는 영향력을 가지기도 한다. 또한 칭찬은 관계를 윤택하게 하는 가장 쉽고 빠른 방법이다. 나는 아이들에게서 칭찬할 점을 적극적으로 발견하고자 했고, 칭찬 릴레이가 누적되면서 아이들과 한 해 내내 원만한 관계를 유지했다. 그리고 그것은 영어 수업에도 좋은 영향을 미쳤다.

모든 학생이 영어 수업에 열중할 수는 없었다. 또한 많은 아이들이 학업에 몰입할 수 없거나 몰입하지 않아도 되는 환경이라면, 내가 아이들의 특성을 파악하고 받아들이고 그에 맞는 도움을 주어야 했다. 더 나아가 재능을 발견하고 칭찬하고 각자의 삶을 잘 살아내게끔 응원해주어야 했다. 그것을 근무를 시작한 지 몇 달이 지나고 나서야 깨달았다. 한 아이가 시험지 위에 그린 휘황찬란한 그림을 보고서.

담임 학급 아이들과 개인 상담을 할 때 "저는 딱히 잘하는 게 없어요." 하고 자조적으로 말하던 아이가 있었다. 답답한 마음에 아이에게 이렇게 이야기했다. "이 세상에 잘하는 게 하나도 없는 사람은 없어. 너 애들이랑 맨날 피파FIFA(당시 아이들이 즐겨하던 온라인 축구 게임) 한다며? 그거 잘한다고 하지 않았어? 애들이 칭찬하던데. 게임 잘하는 것도 다 재능이야. 못하는 사람은 영원히 못할 수도 있거든. 그거 말고도 또 잘하는 게 분명히 더 있을 거니까, 이번 학기 안에 또 잘하는 걸 찾아내서 나한테 꼭 얘기해." 얼마 지나지 않아 그 아이가 나에게 와서 체육 시간 달리기에서 2등을 했다며, 체육대회 때 계주에 나갈 수 있을지도 모른다고, 중학교 때보다 키가 더 커서 달리기 실력이 는 것 같다고 신이 나서 이야기했다. 아이는 체육대회 때 계주에 나가서 멋지게 달렸다.

스스로의 잠재력을 믿고 재능을 발견하게 하는 일, 각자의 재능을 아낌없이 칭찬하는 일은 아이들에게도 어른들에게도 중요하다. 시험 시간에 시험지 위에 그림을 그리고 답안 카드에 마킹을 하지 않아 내가 언짢을 거라고 생각했던 그 학생은, 비슷한 상황에서 '너 그림을 정말 잘 그리는구나'라는 말을 들어본 적이 없었는지도 모른다. 내가 그 순간 '너 왜 문제 안 풀었어, 답안 카드가 왜 비어 있어?' 하고 다그친들 무엇이 좋은 방향으로 달라졌겠는가.

그 애가 계속 그림을 그리면 좋겠다는 생각을 한다. 전업이 아니더라도 취미로, 재미로 계속 자유로운 그림들을 그리면 좋겠다. 내가 마주했던 학생들 모두가 각자의 재능을 마음껏 키우고 펼치며 살았으면 한다. 영어를 못해도 수학을 못해도 괜찮다. 정말 괜찮다. 모두가 모든 것을 잘할 수는 없다. 나는 영어 교사여도 필요한 순간에는 그렇게 말할 수 있어야 한다고 생각한다. 생을 잘 살아내는 데에 결정적인 역할을 하는 요소들은 따로 있고, 학교 공부를 잘하는 것만이 재능은 아니라는 사실을 지금은 우리 모두 알고 있다.

살아가며 정말로 중요한 것들은 이런 것들이라고 말하고 싶다. 삶을 영위할 수 있는 재능 또는 적성을 발굴하고 갈고 닦는 과정, 각자의 길을 찾는 여정에 좌절하더라도 냉소하지 않고 다시 일어날 수 있는 포기하지 않는 마음, 스스로를 잘 돌보는 것, 삶을 지탱할 즐거움을 찾는 일, 자신에 대해 긍지를 가지고 존엄을 지키는 것, 타인의 고통을 이해하고 공감하며 연대할 수 있는 마음을 갖는 것, 서로를 포용하고 배려하며 함께 살아가는 것.

학생들이 각자 재능과 기쁨을 찾도록 도울 수 있다면, 스스로를 건강하게 인식하는 사회의 일원으로 자라도록 조력할 수 있다면, 한 명 한 명의 삶을 진심으로 응원할 수 있다면, 교과 교사가 아닌 한 명의 어른으로서 역할을 다하는 것이라고 나는 생각한다.

Chapter 2

틀을 깨는 영어 수업

일반계 고등학교에서

대학 입시에 한정된 삶 속에서
경주마처럼 달리다가 스무 살이 되면
길을 잃을지도 모르는 아이들에게, 한
걸음이라도 더 넓은 세계로 나아가는
길을 열어주고 싶었다. 두려움 없이
새로운 언어를 배우고 사고를 확장하고
새로운 세계, 새로운 나, 새로운
사람들을 만날 수 있도록. 3년의 시간
동안 차츰 성장해가는 아이들의 모습은
내가 기대한 것보다도 훨씬 더 빛나고
자랑스러웠다.

일반고에 대한 환상

직업계 특성화고에서 2년간 우당탕탕 빙글빙글 근무를 마치고, 신설 학교인 일반계 고등학교로 발령을 받았다. 내가 선택한 일이었다. 특성화고의 차별화된 교육과정, 일반고보다 복잡하고 세분화된 업무, 처리해야 할 사업 예산, 수업과 학생 지도까지, 어느 하나 평범하거나 쉬운 게 없었다. 즐거운 순간들, 특별한 순간들도 많았지만 버겁고 지치는 날이 많았다. 기본 직무인 수업도, 다양한 업무도 특성화고에서는 모든 것이 특수하게 운영되었기에 오래 머무르면서 너무 적응하면 안 되겠다는 판단이 들었다. 일반계 학교로 가면 모든 것을 다시 새롭게 시작해야 할 테니.

신규 2년 차인 내가 실패 없이 일반계 고등학교로 발령

받을 수 있는 방법은 많지 않았고, 가장 확실한 방법은 발령 기피군에 속하는 신설 학교를 희망하는 것이었다. 특성화고 또한 특수성과 높은 업무·수업·학생 지도 곤란도로 인해서 발령 기피군에 속한다. 확실하게 옮겨가기 위해서는 결국 발령 기피군 학교에서 발령 기피군 학교로 옮기는 방법뿐이었다. 인생이 좀 하드하게 흘러간다 싶었지만, 나쁘지만은 않다고 생각했다.

신설 학교는 기반이 잡히지 않은 상태에서 맨땅에 헤딩해야 함은 물론이거니와, 한 학년으로 시작하는 경우가 많아 학급 수가 적으니 발령받는 교사 수 또한 적어 1인당 부담하는 업무량이 압도적으로 많다. 1인당 1부서 업무를 담당해야 하는 수준의 부담이 있기 때문에(학생 수가 적다고 해서 전체 업무 부서가 사라지거나 줄어들지 않는다) 새로 여는 학교들은 발령 기피군에 속하는 것이다. 나는 새로운 시작을 위해 패기 넘치게 신설 고등학교에 발령을 희망했고, 전체 교사 수 16명에 학년은 1학년 하나뿐인 새 학교의 개교 멤버로 합류했다.

일반고의 '평범'하고 '평균'적인 교직 생활을 경험하고 싶던 것은 어쩌면 신규 교사로서 당연한 욕망이었지만, 특성화고의 특수한 환경에서 교직 생활을 시작한 것이 오히려 축복이었다는 의외의 사실을, 나는 그 시절이 다 지나고 나서 오랜 후에야 깨달았다. 어디서건 헤어짐의 안녕을 말하고 새 시작을 준비할 때, 슬픔과 아쉬움보다 앞으로를 기대하는 마음이 더 큰 편이다. 그럼에도 첫 교직 생활 2년을 보낸 첫 근무교는 떠나오고 나서도 오래도록 여운이 남았다. 그건 다 그곳에서 만난 다정한 사람들 때문이었을 것이다.

새 근무지로의 출근을 앞두고 나는 신규 발령 때처럼 며칠 잠을 설쳤다. 처음부터 다시 시작한다는 기대감, 설렘, 걱정과 두려움이 하루에도 몇 번씩 나를 압도했다. 근무지를 처음 옮기는 일은 아주 부담이 되는 만큼 또 설레는 일인데, 오래된 특성화고에서 근무하다가 새로 시작하는 백지 상태의 일반고로 옮겨간다는 점에서 변화가 큰 편이었다. 다가오는 새로운 시작 앞에 내내 요동치던 마음은, 앞으로 만날 새로운 아이들, 새로운 사람들, 앞으로 할 새로운 수업에 대한 기대감으로 벅차오르곤 했다.

일반고에서 아이들을 대하고 수업을 하는 건 특성화고에서보다 훨씬 더 수월할 거라고, 당연하게 짐작했다. 나는 드디어 '평범한' 교직 생활을 영위할 수 있음을 기뻐했다. 내가 가장 기대했던 건 앞으로 하게 될 수업이었다. 고등학교 영어 수업이라고 하면 수능 대비 독해 수업이나 고난도 지문을 분석하는 강의 수업, 교육과정과 연계한 외부 자료 활용 프로젝트 수업, 다양한 수업 모형을 적용한 조별 수업 같은 것들을 떠올릴 수 있는데, 첫 발령 2년 동안은 그런 수업을 해본 적이 없었다. 특성화고에서 했던 특별한 수업들도 나와 아이들에게 큰 의미가 있었고 좋은 추억이 되었지만, 학생들의 니즈와 영어 수업의 상대적 중요도가 일반 고등학교와는 달랐기에, 할 수 있는 수업에 한계가 있었다. 일반고 학생들에 대한 막연한 기대감과 모든 게 달라질 거라는 설렘이 지난 시절을 떠나오는 아쉬움을 달래주던 나날이었다.

아직 새 페인트 냄새가 채 가시지 않은 새 학교 첫 개학날, 덩그러니 교실에 모여 앉아 나를 바라보는 말간 신입생들을 마주하자 머릿속이 하얘지는 기분이었다. 이 아이들이 학교에, 담임교사에게, 영어 수업에 무엇을 기대하고 원하는지, 모든 것을 어떻게 시작해야 할지 막막한 기분이었다. 긴장한 기색이 역력한 아이들 앞에서 나도 같이 긴장했다. 선배 학년도 없이 썰렁한 학교 한 층에 병아리들처럼 옹기종기 모인 1학년 아이들은, 너무도 백지 같은 미지의 세계였다.

일반고에서의 수업이 마냥 수월할 거라는 생각은 막연한 착각이자 환상이었다. 수업을 구상하고 차시를 설계하는 과정부터 어려움을 겪었다. 특성화고와 다르게 일반고 학생들의 실력, 니즈의 스펙트럼은 매우 넓어서 수업 내용을 구상하는 단계부터 새로운 고민이 시작되었다. 특성화고에서는 교실 내 소수의 아이들을 제외한 대부분 학생들의 영어 학습 기반이나 니즈가 비슷해서, 수업 난이도를 적정 수준에 맞추어 콘텐츠를 제공하는 일이 비교적 쉬웠다. 그러나 일반고 신입생들의 경우 실력의 스펙트럼과 각자의 요구가 더 다양했고, 수업이 너무 쉽거나 너무 어렵다고 느끼는 학생을 최대한 줄이기 위해서 어떻게 해야 할지 분석과 고민이 필요했다.

당연한 일이지만, 내가 막연하게 꿈꾸던 이상적인 교실 풍경은 일반고에서도 저절로 만들어지지 않았다. 나는 왜 일반고에는 수업 시간에 졸고, 엎드려 자고, 영어에 전혀 흥미가 없는 학생이 '극소수'일 거라고 생각했나. 왜 대부분의 아이들이 영어를 좋아하거나 열심히 할 거라는 기대를 했을까. 학기 초에 내 마음에 실망이 들었던 것은 기대를 채우지 못한 아이들의 잘못이 아니다. 비현실적인 기대를 무심코 해버린 내 불찰이다. 나도 고등학교 때 흥미 없는 수업 시간에는 졸거나 엎드려 자던 평범한 학생이었는데.

3월 초입부터 수업 시간에 무기력해 보이는 아이들이 몇몇 있었다.(일반고에는 없을 줄 알았던) 학기 초부터 엎드려 자는 학생도 있었다. 당연했다. 교과서 지문으로 평이한 수업을 하며 간을 보면서(?) 분위기를 살피는 동안 어리둥절한 표정의 아이들, 수업에 집중하다가도 금세 멍해지는 아이들을 보며 혼자 초조해했다. 마음속으로 발을 동동 구르고 있었다.

아이들은 고등학교에 들어오자마자 지쳐 보였다. 새 학교 새 학기의 새 교실이 활기를 띠도록 빠른 조치가 필요했다. 초장에 분위기를 만들지 못하면 몇몇 아이들은 한 해 내내 영어 수업 듣는 걸 포기하고 말 테고, 그러다 고등학교 시절 내내 혹은 평생 영어와 담쌓고 지낼지도 몰랐다. 그래서는 안 될 일이었다.

수업 시간에 아이들에게 'Needs Analysis'라고 제목을 붙인 종이를 한 장씩 나눠주었다. 영어에 대한 흥미도와 자신감을 1부터 10까지의 수치 중 어느 정도에 해당하는지 체크하고, 회화/독해/작문 영역 중 가장 어려움을 느끼는 영역, 실력 향상이 필요하다고 느끼는 영역, 가장 자신 있는 영역을 고르도록 한 설문지였다. 수업에 바라는 점, 수업에 임하는 다짐, 선생님께 하고 싶은 말을 서술할 수 있는 칸도 따로 마련했다. 수합한 설문지를 분석해 전체 신입생들의 영어 수업에 대한 니즈를 파악하고, 항목별로 통계를 냈다. 영어에 대한 흥미도와 자신감의 분포를 살피고, 아이들이 공통으로 어려움을 느끼고 실력 향상이 필요하다고 느끼는 영역을 파악했다.

아이들이 적어서 낸 수업에 바라는 점, 다짐, 선생님께 하고 싶은 말도 시간을 내어 찬찬히 읽어보았다. 중요한 내용, 공통적으로 반복되는 요구나 기대를 따로 기록했다. 아이들이 써낸 말들을 읽으며 느낀 것은 많은 아이들이 고등학교 영어 수업에 대한 두려움(수능 때문이다)과 영어 수업이 중학교에서보다 훨씬 어렵고 지루할 거라는 선입견을 갖고 있다는 사실이었다. 고등학교에 오면 본격적으로 수능을 대비해야 한다는 점에 미리 부담을 느낀 학생이 많은 것 같았다. 그 부담감과 두려움을 다 없애주고 싶었다. 영어 공부가 오직 수능만을 위한 게 아니라는 걸 알려주고 싶었고, 실력을 쌓으면서도 즐겁게 수업할 수 있다는 걸 보여주고 싶었다. 막연한 두려움을 없애고 심리 장벽을 낮추되 통합적인 영어 능력(말하기, 듣기, 읽기, 쓰기) 향상에 도움이 될 수업을 구상하고 싶었다. 너무 쉽지도 않고 너무 어렵지도 않으면서 재미있는 수업. 말처럼 쉽다면 얼마나 좋을까.

학교에 금세 적응해 깔깔대며 뛰노는 아이들에게서 얼마든지 활기찬 수업을 만들 수 있다는 가능성을 보았다. 아이들이 수업에 흥미를 붙이게 할 수 있다는 경험에서 나온 자신감도 있었다. 초반에 길을 잘 잡으면 3년간 아이들의 성장을 지켜볼 수 있을 거라는 기대감도 추진력이 되어주었다. 새 학교에서의 근무가 쉽지는 않았지만, 그런 기대감과 아이들을 새롭게 알아가는 기쁨이 한동안 버팀목이 되었다. 한 학년뿐이고 교사 수도 적은 신설 학교에서 복닥복닥 지내면서 아이들과 금세 정이 들었다. 쉽게 정을 주는 건 겁이 나는 일이지만, 말간 아이들 모두와 시나브로 정이 들고 말았다. 이곳에서 아이들이 졸업할 때까지 3년을 함께하겠노라고, 중도에 포기하지 않겠다고 다짐했다. 새로운 곳에서 새로운 아이들과 지내며 단순히 영어 실력뿐만 아니라 한 인간으로서의 성장을 애정을 갖고 지켜보며 응원할 수 있다는 것이 다른 어려움들을 상쇄하고 앞으로 나아갈 수 있는 힘이 되어주었다.

✦ 교실 상황 영어로 공부하기
'TED Talks – Why School Should Start Later for Teens', Wendy Troxel

고등학교 1학년 영어 교과서 첫 단원은 대체로 'Welcome to High School' 'Life of Teens' 같은 제목으로 전형적인 고등학교 생활 입문을 주제로 다룬다. 교과서 주제와 연계해 아이들에게 제공할 콘텐츠를 찾으면서 나는 10대의 삶, 고등학생의 삶에 대해 다룬 쉬운 영어 기사문이나 'TED ed'에서 제공하는 교육용 영상들을 주로 살폈다.

유튜브 알고리즘을 타고 각종 교육용 콘텐츠들을 들여다보다가 유명 인사들의 짧은 강연인 'TED Talks' 영상을 오랜만에 보았다. 생각보다 내용이나 문장 수준이 어렵지 않았고, 강연문 전문을 따로 추출할 수 있었다. 'TED Talks' 웹사이트에 접속해 'Teenager' 'Teens' 등의 키워드로 검색하자 10대의 삶과 건강, 문화 등에 대해 이야기하는 영상이 꽤 많았다.

그중 가장 흥미를 끈 건 'Why School Should Start Later for Teens(10대를 위해 등교 시간을 늦춰야 하는 이유)'라는 제목의 강연이었다. 10대 학생들에게 만연한 수면 부족 문제의 심각성을 역설하고, 학교 시작 시간을 늦추어야 한다고 호소하는 수면 전문가 웬디 트록셀Wendy Troxel의 강연이다. 강연은 매우 설득력 있고 흥미로웠다. 학생들의 삶과 밀접하게 맞닿은 주제를 다루고 있어 학생들의 관심을 끌고 공감을 불러일으킬 만했다.

해당 강연을 수업 시간에 졸음과 싸우고 있는 아이들에게 들려주었다. 수면 전문가인 강연자는 10대들의 신체 리듬을 고려하지 않은 이른 등교 시간 때문에 미국 10대들이 전염병(강연에 10대들의 수면 부족이 'epidemic'과 같다는 표현이 나온다. 당시 이 단어와 함께 파생어 'pandamic'도 가르쳤는데 2020년부터 '팬데믹'은 모르려야 모를 수 없는 단어가 되었다)과도 같은 수면 부족에 시달리고 있다며 지적한다.

10대들의 수면 부족 문제는 비단 미국 학생들만의 문제가 아니라 입시 경쟁에 시달리는 한국 고등학생들의 문제이기도 하다. 아직 만 나이 15, 16세의 신입생 아이들은 이미 수면 부족에 시달리는 것처럼 지쳐 보였다. 고등학교 첫 학기에 적응하느라 너무 긴장한 탓인지 아이들은 4월도 되기 전에 생기를 잃어가고 있었다. 오후 수업 시간에 꾸벅꾸벅 조는 아이들이 늘어나면서, 아이들이 처한 수면 부족의 현실이 교실에서 적나라하게 드러나고 있었다.(학교 현장에서 보는 학생들의 건강 문제, 집중력 문제, 정서 문제는 어쩌면 만성적인 수면 부족에서 비롯되었을 수도 있다) 다행히도 10대의 수면 부족에 대해 논하는 강연문을 공부하는 동안에는 수업 시간에 꾸벅꾸벅 조는 학생이 거의 없었다. 실제로 직면한 상황에 대해 공부하는 것이 아이들에게 신선한 환기가 되어주는 것 같았다.

누구나 그렇듯이 학생들 또한 스스로의 삶과 긴밀하게 연관된 문제에 대해 큰 관심과 집중도를 보인다. 수업의 주제와 내용이 삶과 동떨어질수록 아이들은 흥미를 잃는다. 학생들이 관심을 갖고 몰입할 만한, 실제의 삶과 확실한 연관성이 있는 내용을 다루는 것이 가장 큰 동기부여이자 수업 참여도를 높이는 방법이라는 것을 경험을 통해 알고 있었다.

아이들이 듣기, 읽기는 물론 말하기와 쓰기도 자연스레 학습할 수 있도록 차시를 촘촘하게 설계했다. 학생들이 다소 어렵게 느낄 수 있는 10분짜리 강연문을 차시별로 쪼개어 단계적으로 제시했다. 한 번에 많은 것을 주려고 욕심내지 않는 것이 중요했다. 유의미한 단위로 내용을 쪼개어 제시하고 차시별로 학습 과정을 빌드업해서 아이들이 점진적 향상을 이루게 하는 것, 그리하여 학습 내용을 충분하게 흡수하도록 돕는 것이 핵심이었다.

강연을 들으며 자연스러운 듣기 훈련이 가능했는데, 처음에는 강연을 들으며 학습지에 비교적 쉬운 어휘 단위로 비워놓은 빈칸을 채우게 하고, 이후에는 유의미한 청크chunk 단위로 빈칸을 채우게 했다. 스펠링은 틀려도 좋으니 일단 들리는 대로 적어볼 것을 권하고, 나중에 빈칸의 답을 확인하며 의미를 풀이했다. 스펠링은 나중에 고치면 되고, 들었던 내용의 의미는 함께 분석하면 된다는 점을 강조해 '정확도에 대한 불안'을 낮추었다. 귀를 여는 '듣기 연습'이 핵심이었다.

매 차시마다 이전 시간의 학습 내용을 복기하는 팝업 퀴즈를 준비했다. 퀴즈의 답인 주요 표현과 문장들을 학생들이 직접 발표했다. 학생들이 스스로 작문한 내용(수업에 대한 소감이나 학습 내용을 요약한 문장)을 자발적으로 발표하기도 했다.

학생들은 몇 주에 걸쳐 강연문을 듣고, 읽고, 조별로 모여 맡은 파트의 내용을 요약하여 발표하고, 팝업 퀴즈에 참여하며 주요 표현들을 직접 소리 내어 말하고 익혔다. 듣기, 읽기, 말하기 훈련을 거듭하며 학습을 마친 후에 마무리로 요약문 쓰기(Writing Summary) 연습을 했다. 아이들은 각 차시마다 썼던 핵심 문장들을 모아 연결해서 다듬고, 조별로 완성한 요약문을 발표했다. 긴 강연문의 요약문을 그럴싸하게 완성해본 아이들은 아주 뿌듯해했다. 간단한 가이드라인을 제시해주었을 뿐인데 아이들은 수월하게 잘 해냈다. 심리적인 장벽이 낮아진 덕분이었다. 결과물이 완벽하지 않아도 상관없었다. 과정이 중요했다. 조별로 완성한 결과물은 개인마다 소지할 수 있도록 복사해서 나눠주고 각자 포트폴리오 파일에 저장하도록 했다. 한 학기 동안 다양한 수업 활동 과정과 결과물을 담은 포트폴리오를 만들게 하며 나는 아이들이 성장하는 흔적을 눈여겨보고 기록했다. 아이들이 만든 포트폴리오는 스스로의 노력과 성장

과정의 증거이면서 나에게는 아이들의 한 학기 동안의 성장 과정을 전체적으로 다시 확인할 수 있는 자료가 되었다.

수업을 따라오는 것을 어려워하는 아이들은 조별 활동에서 상대적으로 수업을 잘 따라오는 학생의 도움을 받으며 협력하게끔 했다. 모두가 수업에 참여하는 분위기를 조성하는 데는 또래학습이 중요한 역할을 했다. 또래학습과 협력을 유도하는 과정이 쉽지는 않았으나, 분명한 학습 효과와 더불어 체화된 공생의 습관을 아이들이 3년 내내 가지고 가는 걸 확인할 수 있었다. 협업을 꺼리거나 두려워하지 않고 효율적으로 협동하는 법을 습득한 아이들은 '경쟁'을 우선순위에 두지 않고 '협업'과 '즐거운 학습'을 우선시하며 각자 좋은 성과를 냈다.

학생들의 삶과 맞닿은 주제를 다룬 콘텐츠를 수업 재료로 삼아 통합적인 영어 능력을 기르는 수업을 하면서, 그리고 아이들이 학습한 내용을 자신의 삶에 적용해 수면 시간 확보와 더 나은 습관을 위해 고민하는 것을 보면서 매시간 보람이 있었다. 꽤 성공적인 프로젝트였다.

내가 중요하게 생각한 것은 수업이 수능 영어 영역에서 측정하는 '듣기'와 '독해'에만 치중되지 않게끔 하는 것이었다. 고등학교 영어 학습은 '독해'와 '문법'에 치중되기 쉽다. 그러나 하나의 언어를 습득하고 구사하는 것은 단순히 '읽고' '듣는' 능력(Receptive Skills, 수용 능력)만으로 이루어지지 않는다. 수능에서 측정하는 능력만 갖추는 걸로는 영어를 '한다'고 하기 어렵다. 하나의 언어를 제대로 활용하고 구사하기 위해서는 언어를 '말하고' '쓰는' 능력(Productive Skills, 생산 능력) 또한 필수적이다.

수용 능력 Receptive Skills(Listening, Reading)

+ 생산 능력 Productive Skills(Speaking, Writing)

= 통합적 언어 능력 Integrative Language Skills

수용 능력(듣기, 읽기)만을 측정하는 수능 영어에 초점이 맞춰진 영어 수업과 학습은 한국인들이 성인이 되어서 언어 생산 능력(말하기, 쓰기)을 갖추기 위해 많은 시간과 비용을 추가로 들이는 문제로 귀결된다. 정규 교육과정에서 10년간 영어를 배우고도 간단한 회화조차 할 수 없거나 영어로 글을 써서 소통하는 것이 불가능한 상황은 많은 이들에게 흔한 비극이다. 자기계발이라는 미명 아래 영어 공부에 매진하는 직장인들이 늘어나는 현실은 한국 사회의 익숙한 일면이다.

정규 교육과정을 거치는 동안 영어 말하기, 쓰기 능력을 독해 능력만큼 중요시하고, 영어를 '수용'하는 능력과 함께 '생산'할 수 있는 능력을 길렀더라면, 사회인이 되어서마저 시간과 에너지를 짜내어 영어와 씨름하지 않아도 되었을 것이다. 더욱 실용적이며 통합적인 방식으로 영어에 접근했다면, 더 많은 사람들이 영어를 더 쉽게 습득했을 것이다.

새 학교에서 새로운 아이들과 함께 수업을 만들어가면서, 내가 가르친 아이들은(3년간 성실하게 수업에 임했다는 가정하에) 졸업할 때 독해와 듣기 능력은 물론 기본적인 회화 능력, 간단한 스피치 기술, 간단한 글쓰기 능력까지 어느 정도는 갖추어진 상태로 보내겠다는 목표를 두었다. 내가 가르친 아이들은 '10대 시절 지나온 그 긴 시간들이 한낱 수능 시험만을 위한 시간이었던가?' 하는 씁쓸한 회의감에 빠지는 일이 없게 하고 싶었다.

10대의 수면 문제를 다루는 웬디 트록셀의 강연문을 공부하는 동안 몇몇 아이들은 '자기 전에 휴대폰 내려놓기' '규칙적인 생활하기' '학교에서 깨어 있고 자는 시간 앞당

기기' 등 삶에 실질적인 변화를 가져오는 습관들을 만들어 갔다. 스스로 삶에 어떤 변화를 만들어냈는지 발표하는 아이들의 빛나던 얼굴을 떠올려본다. 우리 다 함께 깨어 있자, 그리고 배운 것들을 삶에 지혜롭게 녹여 변화하고 성장하자. 그런 다짐들을 함께한 시절이었다.

✦ 새로운 언어, 새로운 세계, 새로운 나

'TED Talks - How Language Shapes the Way We Think', Lera Boroditsky

나는 아이들에게 '대학 입학 이후에도 삶은 계속된다'는 말을 종종 했다. 너무 당연한 말인데, 이 말을 들은 순간 무언가 깨달은 것 같은 아득한 표정을 하는 아이들이 있었다. 우리는 '수능까지' '대입까지'가 아니라 '그 이후의 삶'에도 도움이 되게끔 교육을 하고 교육을 받아야 한다고 나는 항상 말해왔다.

우리가 영어를 공부하는 것은 오직 '대학에 가기 위해서'가 아니라는 것을, 이런 원론적인 이야기를 고등학교 현장에서 아이들에게 이해시키는 것은 생각보다 쉽지 않다. 대학 이후에도 삶은 저 멀리까지 무궁무진하게 펼쳐지기에, 무한히 펼쳐질 수많은 기회 앞에 준비된 사람으로 있기 위해 우리는 배우는 거라고 아이들에게 이야기하지만, 당장 '입시'라는 목표에 갇힌 아이들의 시야는 좁아질 수밖에 없다.

영어로 말하거나 쓰는 것을 부담스러워하며 '수능 독해'만 공부하려고 하거나, 영어에 일찍이 질려버려 마음에 벽을 쌓은 아이들도 많다. 나는 학생들에게 영어를 배우는 것의 진짜 의미를 알려주고 싶었다. 인생은 수능까지가 아니라는 당연한 사실을 아이들이 쉽게 간과하게 만드는, 더 깊은 배움을 포기하거나 미루게 만드는 사회적인 맥락과 환경에 대해 안타까움이 컸다. 영어 능력을 통합적으로 기르면 골치 아픈 수능 영어 영역이 오히려 수월해지는 마법을 경험할 수 있다는 것도 알려주고 싶었다. 영어를 습득하고 구사하는 일이 누구에게나 쉬운 일은 아니지만, 그렇다고 모두에게 어려운 일도 아니라는 것을 알려주고 싶었다. 하나의 새로운 언어를 배우는 것은 무궁무진하고 새로운 세계를 활짝 여는 일이기에, 더 넓은 세계를 마주하는 환희를 많은 아이들이 경험하게 하고 싶었다.

영어가 오랜 기간 세계 공용어(Lingua Franca)로 쓰이고 있다는 사실이 방증하듯, 영어는 많은 사람이 두려워할 만한(어려운 축에 속하는) 언어가 결코 아니다. 영어를 모국어로 쓰지 않는 세계 각국의 다양한 언어들(영어를 제1언어로 쓰는 국가는 미국, 영국, 캐나다, 호주, 뉴질랜드 5개국뿐이다), 우리가 일상에서 종종 접하는 유럽의 언어들이나 아시아 대륙의 주변국에서 사용하는 언어와 문자들, 그리고 우리의 모국어인 한국어에 비해서도 영어는 단순하고 습득이 쉬운 편에 속한다.(이렇게 말하면 아이들은 대부분 어처구니없다는 표정을 짓는다!)

세계인들이 영어로 의사 표현을 하고, 읽고, 쓰고, 영어를 통해 타인과 소통한다는 건 우리도 누구나 완벽의 경지는 아니더라도(영어를 전공해서 관련 학위를 따고 경력을 쌓을 게 아닌 이상 영어를 '완벽하게' '현지인처럼' 할 필요는 없다) 영어를 친숙하게 받아들이고 어느 정도 자연스럽게 활용할 수 있다는 뜻 아닐까. 영어를 왜 배우는가, 왜 정규 교육과정에서 장장 10년이라는 세월 동안 영어를 필수로 이수하는가, 왜 일정 수준 이상의 영어 구사력을 요구받는가에 대해 우리는 생각해볼 필요가 있다.

하나의 새로운 언어를 습득하는 것은 소통을 위한 새로운 매개와 기회를 얻는 일이다. 새로운 언어를 습득함으로

써 얻을 수 있는 삶의 이점은 일상의 사소한 부분에서부터 커리어에 적용되는 부분까지 무궁무진하다. 입시, 스펙만을 위한 영어 학습이 아닌 '무한한 범위의 언어 활용'을 위한 영어 학습은 삶의 다양한 면에서 유리하게 작용할 수 있다. 심지어 누군가에게는 '즐거운' 일이 될 수도 있다.

넷플릭스를 비롯한 다양한 글로벌 OTT 서비스와 SNS 영상물이 쏟아져 나오는 시대, 영어권에서 나오는 콘텐츠를 일상적으로 즐기는 세대에게도 '시험을 보기 위해 배우는 과목'으로서의 영어는 여전히 삶과 동떨어진 '어렵고' '두려운' 것으로 여겨진다. 가끔 외국인들이 업로드한 웃긴 쇼츠나 릴스를 나에게 보여주며 "여기 쓰인 말이 무슨 뜻이에요?" 하고 묻던 아이들이 떠오른다. 수능 어휘는 알아도 간단한 구어체 표현이나 밈에 쓰일 만한 신조어 등은 모르는 게 당연하다. 그러나 그 아이들이 후자를 통해 먼저 영어와 친해졌다면 어땠을까? 소통을 위한 언어로서의 영어를 먼저 접했다면 영어가 마냥 어렵고 두렵지는 않았을 것이다.

세계 공용어를 배우는 일을 '정복'하고 '해결'할 대상으로 여기는 풍조는 이대로 괜찮을까? 이런 풍조와 관점은 입시를 중심으로 한 교육과정을 겪으면서 내재화되고, 언어 능력의 지속적인 발전과 자유로운 활용을 저해한다. 영어가 하나의 언어라는 인식은 흐려지고 '잘해야 하는데 어렵기만 한 것'쯤으로 인식되기 때문이다. 학생들도, 학생 시절을 지나온 성인들도 영어를 '정복해야 할 영역'으로 여기고 도전, 실패, 좌절, 재도전을 반복하며 영어와 불가분의 애증 관계를 형성한다.

언어는 우리가 사는 세계가 그렇듯 끊임없이 발전하고 변화한다. 그렇다면 하나의 언어를 습득하는 일은 지속 가능한 학습과 꾸준한 실천을 필요로 하는 영역이라고 할 수 있다. 우리가 꾸준한 노력을 통해 모국어 글쓰기 능력이나 문해력을 향상시킬 수 있듯이, 새로운 언어를 활용하는 일 또한 보다 자연스럽게 그리고 한계와 정해진 틀 없이 지속적으로 발전시킬 수 있다.

모든 언어는 각각의 고유한 구조와 어휘 체계, 표현 방식을 지닌다. 나는 새 학기에 학생들에게 'How Language Shapes the Way We Think(언어는 어떻게 우리의 사고방식을 형성하는가)'라는 제목의 'Ted Talks' 강연 영상을 보여주곤 했다. 저명한 인지과학자 레라 보로디츠스키Lera Boroditsky

는 이 강연에서 우리가 사용하는 언어에 따라 삶의 양식과 일상의 양상, 사고방식 등이 어떻게 달라지는지(언어가 우리의 삶의 틀, 생각하는 방식에 어떤 영향들을 미치는지) 다양한 연구 결과를 바탕으로 쉽고 명료한 예시들을 제공하고 설명한다.

해당 강연에서 언급되는 말을 인용해본다. "새로운 언어를 배우는 것은 두 번째 영혼을 얻는 것이다." 나는 이 말을 매우 좋아하기도 하거니와 이 말에 전적으로 동의한다. 우리는 새로운 언어를 체화함으로써 새로운 나를 발견하고 새로운 영혼을 얻을 수 있다. New Language, New Soul(새로운 언어, 새로운 영혼). 새로운 영혼을 얻는다니 얼마나 멋진 일인가. 나 또한 영어를 습득하며 새로운 영혼을 얻었고 그로 인해 삶의 많은 부분이 달라졌다.

나는 영어를 습득하면서 내게 열린 무한한 세계, 나의 큰 일부를 이루게 된 새로운 세계를 기꺼이 받아들이고 사랑한 나머지, 영어교육 전공까지 하고 말았다. 오해를 살까봐 덧붙이자면, 나는 어린 시절 영어유치원을 다닌 것도, 일찍이 영어 사교육을 받은 것도 아니며, 누군가 영어를 공부하라고 닦달한 적도 없다. 나는 운 좋게도 '영어로 만든 콘텐츠를 사랑한 광인이라서' 영어와 자연스레 친해질 수 있었다.

사교육과 거리가 멀었던 내 생애에 영어 조기교육(?)이라고 부를 만한 게 있었다면, 어릴 적 엄마가 자주 틀어주던 디즈니 비디오가 전부였을 것이다. 어릴 때 집에 있던 디즈니 비디오는 한글 더빙 버전이 아니라 영어 원어 음성에 한글 자막과 영어 자막이 함께 나오는 영상이었다. 좋아하는 걸 무한히 반복해서 보는 습관이 어릴 적부터 있어서 〈라이온 킹〉 〈피노키오〉의 영어 대사를 자연스럽게 외우고 따라 하던 기억이 난다.(요즘에는 이런 '따라 말하기'가 '셰도잉'이라는 언어 학습법으로 널리 추천되고 있다)

친구들과 골목대장처럼 동네를 휘젓고 다니며 자유분방한 '사교육-프리' 유년 시절을 보낸 나는, 혼자 시간을 보낼 때면 집 근처 비디오 가게에서 빌려온 영화와 만화책을 보곤 했다. 마음에 드는 영화를 몇 번이고 반복해서 보던 습관은 성인이 되어서도 여전하다. 하나의 콘텐츠를 반복해서 보며 과몰입하다 보면 대사를 다 외우는 지경이 된다. 나는 중학생 때 TV에서 방영하던 〈CSI〉 수사물 시리즈나 〈그레이 아나토미〉 〈하우스〉 같은 시리즈를 몇 번이고 반복해서 시청했다. 그러다 보니 특정 영어 표현들을 자연스레 익혔다. 대사를 외워서 원어 그대로의 뉘앙스를 담아 따라 하던 나는, OTT 서비스가 없던 그 시절에 드물었던 '미드 오타쿠'였으며, 현대에는 언어 습득 기법 중 하나로 자리 잡은 '섀도잉'을 혼자서 즐겨하던 학생이었다.

중학교 2학년 때였을까, 즐겨 보던 미드의 새 에피소드를 보는데, 어느 순간 자막을 읽지 않고 TV에서 눈을 돌려 딴짓을 하고 있는데도 주인공이 무슨 말을 하는지 알아들을 수 있었다. '영어가 그냥 들리는' 첫 경험의 순간이 무던하게 지나갔다. 그 후로는 웬만한 대사들은 자막을 보지 않아도 알아들을 수 있었다.(자막을 보지 않아서 더 잘 들렸다. 영어가 '그냥 들리는' 순간들에 나는 원어를 딱히 한국어로 해석하지 않고, 있는 그대로 받아들이고 있었는데, 사실 그것이 '언어 습득'의 핵심이다)

언젠가부터는 영어로 책을 읽고 싶어졌다. 한국어로 번역된 좋아하는 소설들이 원래의 언어로는 어떻게 쓰였는지 알고 싶었다. 누가 시키지 않아도 그저 재밌어서 꾸준히 원서를 읽었다. 어릴 때 삼촌이 선물해준 (요즘 사람들은 쓰지 않는, 종이로 된 두꺼운 백과사전처럼 생긴) 《옥스퍼드 영어 사전》

에서 단어 뜻을 하나하나 찾아가며 원서를 읽는 게 중학생 때 방학 기간에 하던 취미 생활 중 하나였다. 좋아하던 이야기들을 원래 쓰인 언어로 다시 읽으며 본래의 의미를 더 명확하게 알아가는 것은 충분한 지적 자극을 주었고 새로운 세계를 열어주었다.

그렇게 어린 시절을 보내고 나니 내게 학교에서의 영어 시간은 그저 즐겁게 노는 시간이었고, 시험을 볼 때도 영어가 가장 쉬운 과목이 되었다. 나는 한 번도 영어를 '공부해야 하는 과목'으로 생각해본 적이 없었다.(물론 전공을 하고 임용고시를 준비하면서 영어학, 영어교육론을 비롯한 분야들이 '공부해야 하는 대상'이 되었지만, 애초에 영어를 자연스럽게 습득한 바탕이 있었기에 학문으로서 영어를 공부하는 것도 수월했다)

이 이야기에서 중요한 것은 하나의 언어를 습득하는 일이 누군가에게는 그저 즐거운 일이자 기회가 될 수 있으며, 자연스럽게 스며드는 방식으로 새로운 언어를 체화할 수 있다는 사실이다. 또한 학문으로 전공한다거나 커리어로 발전시키지 않아도, 각자의 방식으로 새로운 언어를 향유하는 일이 가능하다는 것이다. 하나의 언어를 습득하는 일에 매료되어 커리어로 발전시키고 삶을 바칠 작정이 아니라면, 꼭 그 언어를 완벽하게 구사하지 않아도 된다는 것 또한 중요하다. '할 만큼' '필요한 만큼' 하면 된다. 모두가 영어를 좋아하거나 잘할 필요는 없지만, 누구나 적절한 도움과 방법을 얻는다면 지금보다 더 쉽게 또는 자연스럽게 영어를 습득할 수 있을 것이다.

모국어가 아닌 새로운 언어, 세계 공용어인 영어를 체화하면 당신은 좋아하는 곡의 노랫말과 좋아하는 영화의 대사를, 좋아하는 해외 감독이나 배우의 인터뷰를, 전시회에서 마주한 해외 작가의 작품 설명 원문을, 좋아하는 해외 뮤지션이나 유명인이 인스타그램에 게시한 글 원문을, 여행길에서 만난 이국의 친구가 들려주는 이야기를 원래의 언어가 전달하고자 하는 뉘앙스 그대로 느끼고 이해할 수 있다. 해외에 나갔을 때 완벽하지 않더라도 필요한 요청 사항을 전달하고 의사를 표현하며 큰 어려움 없이 타인과 소통할 수 있다. 세계 각지의 수많은 사람들과 친구가 되고, 더 넓은 세상을 더 넓은 시야로 누릴 수 있다. 더 넓고 새로운 기회 앞에 당당하게 설 수 있다. 당신이 영어를 자기 것으로 만들 수 있다면, 완전히 새로운 세계가 당신에게 펼쳐진다.

레라 보로디츠스키의 강연 'How Language Shapes the Way We Think'에서는 러시아어의 '밝은 파란색'과 '어두운 파란색'을 구분하는 어휘(goluboy/siniy)를 소개하며, 파란색의 스펙트럼을 보여주었을 때 (파란색을 모두 'blue'로 지칭하는) 영어 사용자들의 뇌에서는 나타나지 않는 변화가 러시아어 사용자들의 뇌에서는 분명하게 나타나는 (surprising-like reaction이 보이는 변화) 연구 결과를 소개한다. 어떤 언어를 사용하는가 혹은 새롭게 배우는가에 따라 우리의 뇌도 변화한다는 단적인 예시이다. 우리가 사고하고 말하는 것이 모두 우리가 사용하는 언어에 기반한다는 점을 생각해보면, 언어가 우리의 사고방식을 형성하고 결정하는 것은 당연한 일이다. 학생들에게 학기 초에 해당 강연을 보여주는 것은 언어 학습에 대한 흥미를 유발하고 언어의 본질에 접근하게 하는 기회가 되었다.

새로운 언어를 습득하여 새로운 영혼, 새로운 사고방식(새로운 뇌)까지 갖게 되기 위해서는 그 언어를 완전히 체화하고 삶에 변화를 만드는 단계까지 나아가야 한다. 모두가 영어를 잘할 수 없고 모두가 영어를 아주 잘할 필요도 없으며 모두가 두 번째 영혼을 가질 필요는 없다. 그럼에도 나는 언제나 존재하는 가능성 또는 아이들이 앞으로 만날 기회들을 위해, 아이들이 영어 교실에서 보내는 시간들이 의미 있기를 바랐다. 영어 수업을 활기차고 유의미한 활동들로 채우는 일에 열정을 쏟았다. 더 많은 학생들이 자연스럽게 스며들 수 있는 수업, 영어가 어렵고 수업이 지루하다고 여기던 학생들도 "어라, 재밌네?" "어라, 이게 되네?" 하면서 스며들 듯 참여할 수 있는 수업을 만들고자 했다.

영어에 대한 학생들의 심리적 장벽을 허무는 시도는 분명 의미가 있었다. 10대 청소년의 삶과 동시대를 살아가는 우리들의 삶에 유의미하게 맞닿은 내용들을 수업에서 다루고, 실제적인 콘텐츠들을 활용하면서, 아이들이 통합적인 영어 능력을 효율적으로 습득하도록 돕고 마음의 장벽을 낮췄다. 수업 시간에 배운 것들을 곧바로 삶에 녹여내는 아이들이 있었다. 단순히 지식의 획득에서 멈추는 것이 아니라 배운 것을 행동으로 옮겨 삶을 변화시키는 아이들을 보면서 삶의 지혜를 배우기도 했다.

대학 입시에 한정된 삶 속에서 경주마처럼 달리다가 스무 살이 되면 길을 잃을지도 모르는 아이들에게, 한 걸음이라도 더 넓은 세계로 나아가는 길을 열어주고 싶었다. 두려움 없이 새로운 언어를 배우고 사고를 확장하고 새로운 세계, 새로운 나, 새로운 사람들을 만날 수 있도록. 3년의 시간 동안 차츰 성장해가는 아이들의 모습은 내가 기대한 것보다도 훨씬 더 빛나고 자랑스러웠다.

✦ 삶과 연결된 영어 콘텐츠: 태평양의 쓰레기 섬

수업에서 다룰 콘텐츠를 정할 때 교육과정과의 연계성, 내용의 적절성과 난이도의 적정성만큼이나 중요하게 보는 요소는 '삶과의 연계성'이다. 콘텐츠가 실제적이며, 주제와 내용이 우리 삶에 직접 연관되어 학습 내용의 활용과 적용, 사고의 확장과 토의가 가능한지 여부가 중요하다. 학습 내용과 삶의 연계성이 중요한 이유는, 학습 내용이 삶과 연결될 때 '유의미한 학습'이 수월하게 이루어지기 때문이다. 학습 몰입도와 효과가 높아질 뿐만 아니라, 영어 수업에서 오직 '영어 지식'만 습득하는 것을 넘어 실제적 지식도 습득하고 사고를 확장시켜 이를 더 나은 삶으로 발전(지식의 지혜로의 확장) 시킬 수 있기 때문이다.

10대들의 수면 부족과 사회적인 해결책을 다룬 'Ted Talks' 강연문으로 수업을 하던 시기에 몇몇 아이들은 수면 시간이 부족한 상황을 해결하기 위해 (당장 등교 시간이 늦춰지는 제도의 변화를 기다릴 수는 없으니) 충분한 수면 수면 시간을 확보하고, 바람직한 수면 패턴 형성을 위해 노력하는 등 개인의 삶에서 변화를 만들었다. 교육을 하며 학습자가 스스로 변화하고 발전할 수 있는 가능성을 간과해서는 안 된다. 교과 수업이 오로지 '고정된 지식의 전달'에 그치지 않으려면, 학습자들의 발전 가능성을 염두에 두고 적극적으로 발전을 촉진해야 한다. '행동하는 지성인'의 육성을 위해 필요한 것은 '지식의 전달'만 이루어지는 교육이 아니라 지식을 전달하는 과정에서 깊이 있는 사고思考의 기회를 제공하고 사회적 상호작용이 이루어지도록 하며 학습자가 각자 나름대로 성장할 수 있는 기회를 열어주는 교육이라고 생각한다.

실제로 학교에서 다루는 교과서 지문들과 수능, 학력평가에 출제되는 영어 지문들은 광범위한 분야의 지식과 담론들을 다룬다. 경제학, 사회현상, 환경문제와 해결책, 행동

심리학, 뇌과학, 교육 담론, 도덕 담론과 철학, 역사, 미래, 과학 발전과 신기술, 생태학, 다양한 산업 분야, 농업 기술과 전망, 문화와 예술 등 다양하고 흥미로운 내용들을 다루는 영어 지문들을 읽으면 새로운 지식과 지혜를 부차적으로 얻을 수 있다. '영어 수업이 재미있는 이유' '영어 공부를 좋아하는 이유'로 '다양한 배경지식을 습득할 수 있다'는 점을 꼽은 통찰력 있는 학생들이 종종 있었다.

교과서와 연계해 추가 지문을 선정하고 수업에서 다루는 것은 아이들이 교과서를 비롯한 학습 교재에서 접하는 '학습을 위해 만들어진(가공된)' 지문보다 '실제적인(authentic한)' 자료를 접할 수 있게 하는 데 그 의미가 있다. 실제 유명인의 강연문이나 최신 이슈를 다룬 기사문, 의미 있는 노래 가사 등 영어로 쓰인 '실제의' 콘텐츠를 다루어 학습 효과와 몰입도를 높이고, 실제적인 영어 표현과 활용을 접할 기회를 제공하는 것이다.

탐색을 통해 찾는 실제적인 자료들 중 학교 수업에서 쓸 수 있는 것은 매우 한정적이며, 교수자의 철저한 검증이 필수다. 예를 들어 아이들이 좋아하는 연예인이 개인 SNS에 실시간으로 올린 영어 표현들이야말로 흥미를 유발하고 수업 몰입도를 높일 수 있는 '실제적인' 콘텐츠인 것은 맞지만, 수업에서 공식적으로 다루기에는 내용과 표현의 적절성, 교육적인 의의 또는 분량과 난이도 측면에서 부적합할 수 있다. 학교 수업에는 '적절한 형식'을 갖춘(1차적으로 기관 또는 전문가에 의해 검토와 검증이 완료된) '공식적'인 자료를 활용하는 것이 이상적이며, 적당한 난이도와 분량을 갖춘 학습 자료를 선정해야 한다.

적절한 주제 선정과 탐색, 선택과 검증이 완료되면 각 차시 설계에 맞게 학습 자료를 제작한다. 제작한 학습 자료는 학습자의 입장에서 재검토한다. 수업을 기획하는 일은 창의성과 집요함을 요구한다. 그만큼 에너지가 많이 드는 일이기도 하고, 그만큼 재미있기도 하다.

청소년의 수면 부족에 관해 다룬 이후에는, 교과서 새로운 단원의 주제와 연계해서 우리가 직면한 가장 커다란 문제 중 하나인 환경문제를 다루어보기로 했다. 아이들이 수업에 흥미를 가지고 몰입하여 삶에서 고민과 실천을 이어가기를 바랐다. 수업 시간에 'Great Pacific Garbage Patch now three times the size of France(태평양의 거대한 쓰레기 섬, 현재 프랑스의 세 배 크기)'(《CNN》, March 23, 2018)라는 제목의 영어 기사문을 영상 자료와 함께 소개했다. 함께 독해를 하고 구문들을 분석하는 수업을 몇 차시 거친 후에, 기사에 등장한 환경문제를 해결하기 위해 우리가 어떤 일들을 할 수 있는지, 세계적으로 어떤 노력들이 이루어지고 있는지에 대해 조사하고 발표하는 시간을 가졌다.

해당 기사문의 내용은 매우 충격적이었는데, 태평양에 있는 거대한 쓰레기 더미(Great Pacific Garbage Patch)가 2018년 3월 기준 프랑스 면적의 세 배 크기로 추정된다는 내용과 함께, 쓰레기 섬을 구성하는 대형 플라스틱 쓰레기의 비중, 쓰레기를 추적한 방법, 해양 플라스틱 오염의 심각성 등이 언급되어 있었다. 프랑스 면적의 세 배라니, 아무리 어림짐작해도 그 규모를, 그토록 거대한 쓰레기 섬이 태평양 한가운데 표류하고 있는 장면을 현실적으로 상상해낼 수 없었다. '쓰레기들이 섬을 이루어 태평양에 떠다닌다'는 이야기는 전부터 들었지만 그렇게 거대할 줄은(그리고 지금 이 순간에도 빠른 속도로 커져가고 있을 줄은) 상상하지 못했다. 쓰레기 섬이 해양 생태계에 끼치는 영향을 비롯해 연쇄적으로 초래하는 문제들에 대해서도 기사문을 읽고 자세히 알게 되었다.

수업 첫 차시에 아이들에게 기사문을 소개하고 관련 영상과 사진들을 보여주었을 때, 분위기는 사뭇 심각해졌다. 아이들은 거대한 쓰레기 섬의 위성사진과 바다 위에 표류하는 거대한 쓰레기 더미의 사진들, 문제의 심각성을 호소하는 환경단체의 일러스트와 팻말들, 쓰레기를 수거하고 추적하는 사람들의 다큐멘터리 영상을 보았다. 아이들은 "플라스틱은 썩지도 않잖아." "저걸 왜 그대로 두지?" "규모가 너무 큰데 저걸 누가 어떻게 해." 하고 웅성거리곤 했다. 2018년도에 나온 기사문으로 수업을 하는 2019년의 순간에는 태평양의 쓰레기 섬이 더 거대해져 있을 거라는 당연한 계산에 이르자 탄식이 나왔다. 심각해져가는 환경오염과 기후 위기의 영향은 우리 아래 세대에서 더욱 고스란히, 더욱 긴 시간 동안 감내해야 할 일이었다.

기사문 내용을 분석하는 동안 단순히 다양한 구문과 표현, 문법적인 요소, 문장의 정확한 해석만이 중요한 게 아니었다. 전체 기사문을 나누어 조별로 주어진 파트를 해석하고 내용을 정리해서 발표하게 했는데, 환경단체에서 이 거대한 쓰레기 섬을 'The Trash Isles'라고 명명한 하나의 국가로 지정하라는 내용을 UN에 요청했다는 웃지 못할 내용을 이야기하면서 그런 요청을 한 환경운동가들의 의도에 대해 명료하게 설명한 학생도 있었다.

수업을 진행하면서 놀라웠던 것은, 학생들 중에 자발적으로 심화 조사를 해서 그 내용을 수업 시간에 공유하는 아이들이 많았다는 것이다. 아이들은 나에게 와서 이렇게 말했다.

“선생님, 쓰레기를 추적하는 해양 조사팀이 심각한 건강 후유증과 정신적 후유증에 시달린대요.”

“플라스틱 쓰레기 때문에 죽거나 다치는 해양 동물들에 대해 조사했는데 사진들이 너무 끔찍하고 동물들이 너무 불쌍해요.”

“쓰레기 섬과 해양 생태계 파괴의 연쇄 작용에 대한 논문을 검색해서 읽어봤어요.”

환경 동아리에 속해 활발한 캠페인 활동을 하던 아이들과 동물권에 관심을 갖고 있는 아이들이 수업 내용에 대해 자발적인 심화 탐구를 해서 수업 시간에 발표를 했다. 내가 기대하지 않았던 부분 그리고 내가 미처 몰랐던 부분까지 아이들 스스로 채워가며 나를 놀라게 했다. 살다 보니 영어 기사문을 끝까지 읽고 제대로 이해해보는 일이 있다고 웃으며 말하던 아이도 있었다. 영어로 된 해외 뉴스를 읽을 수 있으면 국내에 보도되지 않는 이슈들을 포함해 훨씬 더 많은 것들을 알 수 있을 거라는 생각에 영어를 잘하고 싶어졌다고 말하는 아이도 있었다.

아침 출근길에 카페에서 커피를 테이크아웃하려다 집에 텀블러를 두고 왔다는 사실에 좌절하며 '일회용 컵에 테이크아웃을 할까 말까.' 잠깐 동안 엄청난 내적 갈등을 했던 날, 학생 한 명이 '앞으로 가방에 텀블러를 가지고 다닐 거다, 학원에 갈 때마다 아메리카노를 샀는데 이제부터는 일회용 플라스틱 컵에는 안 받겠다'고 수업 시간에 선언하기에 '플라스틱 컵을 들고 출근하지 않아서 정말 다행이다.' 하고 안도하기도 했다. 아이들은 스펀지처럼 흡수력이 좋아서, 수업에서 나눈 이야기들과 스스로 깨달은 것들을 바로바로 삶에 녹여냈다. 작은 변화들이 주변을 서서히 물들여 서로에게 영향을 끼쳤다. 한 아이가 변화를 만들면 주변의 다른 아이들도 함께 변화에 참여했고, 그것은 곧 또래집단 내에서 하나의 문화가 되었다.

환경보호 동아리 학생들은 영어에 대한 흥미도와 크게

관계없이 해당 수업에 관심과 열정을 보였다. 마침 환경보호 동아리에서 '생분해 빨대 나눠주기' 캠페인을 진행하고 있었다. 영어 시간에 공부한 기사 원문을 첨부해서 정성스레 포스터를 제작하던 열의에 찬 얼굴이 기억난다. 그런 순간에 아이들의 얼굴은 어찌나 빛나는지.

기사문을 독해하고 분석하는 시간을 거쳐 추가 발표들을 마무리하고, 희망하는 학생에 한해 '지구를 위한 플라스틱 사용 줄이기 실천'에 대해 영어로 간단한 에세이를 써서 발표하도록 했다. 참여를 원하는 사람만 자원하게 했음에도 많은 아이들이 적극적으로 에세이를 쓰고 내용을 공유했다. 플라스틱 쓰레기를 줄이기 위해 일상에서 실천하고 있는 것들을 사진으로 기록해 소개한 아이도 있었고, 영어로 짧은 캠페인 영상을 만들어 발표한 아이들도 있었다. 변화는 주변에 분명한 파장을 만들고, 그것은 일시적이든 영구적이든 우리에게 흔적을 남긴다. 아이들 그리고 우리가 실천한 작은 변화들이 모여 우리가 누리는 일상이 조금 더 지속될 수 있다면, 더 나은 환경을 하루라도 더 보존할 수 있다면 얼마나 좋은 일인가.

기대한 것보다 뭐든 더 열심히 해내는 아이들을 보면서

충분한 나날을 보냈다. 아이들에게 정이 많이 들었다. 2019년에 처음 만난 아이들과 2021년까지 3년을 함께했다. 계속 아이들을 따라 학년을 올라갔다. 보통 이렇게 같은 아이들을 3년 동안 쭉 가르치는 것을 선생님이 학년을 '데리고 올라간다'고 하는데, 나는 아이들이 나를 데리고 으쌰으쌰 올라가는 것 같았다. 끝까지 같이 가자고 손짓하는 것 같던 아이들, 내게 "내년에도 선생님이 영어 수업 하시면 좋겠다"고, 혹은 "선생님이 내년에도 담임이었으면 좋겠다"고 말하던 아이들, "학교에 남아주셔서 감사하다"고 말하던 아이들이 나를 데리고 가는 것 같았다. 내가 아이들을 이끄는 입장인데도 아이들 덕에 항상 든든했다. 아이들이 자라는 만큼 나도 더 단단하고 성숙하게 성장해가는 것 같았다.

2020년의 시간들:
코로나19와 학교

2019년 겨울, 병가를 쓰고 학교를 잠시 떠났다. 망가진 건강을 되찾는 동안 지난한 계절이 지났다. 학교로 다시 돌아갈 수 없을 것만 같았지만, 휴식기를 갖고 나니 다시 아이들이 그리워졌다. 그 복작복작 정신 없는 학교가 다시 그리워지다니, 스스로도 신기했지만 학교의 활기가 그리워진 건 기쁜 일이었다. 2020년 봄, 다시 아이들을 마주하고 함께 웃을 준비가 되었다.

학교로의 복귀를 준비하던 2월, 국내에도 '코로나19 바이러스(COVID-19)'가 들이닥쳤다. 듣도 보도 못한 신종 바이러스가 초래한 팬데믹 상황으로 세상이 전부 어수선했다. 개학이 미뤄지는 초유의 상황이 실제로 일어났다.(설마 했지만 개학이 진짜 미뤄질 거라고는 그때까지만 해도 누구도 생각하지 못했다) 재택근무 신청서를 써내라는 공지가 내려왔다. 재택근무라니, 그렇다면 학생들과 함께 할 수업은? 학기가 시작되어야 할 3월 당시에는 '원격수업'이라는 개념조차 생소했고, 기반이 되는 시스템과 플랫폼이 마땅히 없었기 때문에 수업을 진행할 수 없었다. 재택근무, 원격수업 준비 등 생소한 말들이 공문으로 쏟아졌다. 학생들이 학교에 나오지 않으니 사실상 업무를 기획하는 방학의 연장 같았다. 아마 교무기획 부서는 3월 내내 학사일정을 다 뒤엎고 수업일수를 조정하고 각종 행정 작업을 처리하느라 아주 바빴을 것이다. 다른 업무부서들도 분주히 움직이기는 마찬가지였다. 매일 다른 지시들이 쏟아지고, 학교는 일정 기간 동안 학생들 없이 혼란스러운 새 학기를 보냈다.

머지않아 원격수업을 위한 시스템이 구축되고 정상 출근이 재개되었다. 아이들 없는 학교에 출근해 화상회의 플랫폼에서 아이들을 만나 원격 출석 체크를 하고 유튜브에 강의 영상을 탑재하는 일에 빠르게 적응해야 했다. 예상치 못한 새 시대의 새롭고도 삭막한 풍경이 일상이 되었다.

아이들이 학교에 나오기까지 꽤 오랜 시간이 걸렸다. 마스크를 쓴 채 몇 달 만에 마주한 아이들의 얼굴은 생기를 잃고 지쳐 보였다. 교내에 확진자가 발생하면 갑작스럽게 등교가 중지되고 수업이 긴급히 원격으로 전환되기도 했다. 하루 앞을 내다볼 수 없는 채로 어떻게든 학사가 운영되었다. 학교에 생기와 활력을 만들어주던 각종 행사들은 (체육대회, 현장체험학습, 축제 등) 보류를 거쳐 결국 다 취소되었다.

나는 2학년부에서 담임과 학년 기획 업무를 맡았는데, 2학년 수학여행 계획을 아마도 세 번 정도 접었다 폈다를 반복하면서 완전히 지치고 말았다. 최종 취소 결정이 날 때까지 업체 견적서를 두 번 받았고, 성사될지 취소될지 모르는 계획안들을 가지고 회의를 여러 번 진행하고 설문조사도 몇 차례 실시했다. 당시 전국 학교의 모든 일정이 그런 식으로 번잡스러운 과정을 거쳐 결렬되고 취소되었다. 확진 추세가 잦아들어 거리두기 단계가 조정되면 다시 전 과정을 처음부터 거치면서 울며 겨자 먹기로 재기획하고 재추진하다 결국은 다시 무산되는 과정을 거쳤을 것이다.

팬데믹 때문에 아이들이 학교에서 누릴 수 있는 모든 활동과 행사를 박탈당하는 게 너무 안타까웠다. 어떤 행사도 없이 시시때때로 등교가 중지되고 재개되는 학교에서, 내일 서로 얼굴을 볼 수 있을지 없을지도 확실히 기약하지 못한 채 종례를 하고 인사를 나누고 전달 사항을 당부하는 일에 점차 익숙해졌다. 복직하기로 하면서 다시 왁자지껄한 환경에서 근무하며 아이들과 부대끼며 지낼 생각에 설레기도 두렵기도 했는데, 갑자기 들이닥친 팬데믹 때문에 학교가 적막해 김이 새는 기분이었다. '아이들 없는 학교'에 있는 내내 다른 세계에 와 있는 것처럼 붕 뜬 느낌이었다.

한동안 텅 빈 학교에 선생님들만 나와서 업무를 하고 수업을 준비하고 강의 영상을 촬영하고 편집했다. 영상 촬영을 어떻게 해야 할지, 영상 편집 앱은 뭐가 좋은지 선생님들과 이야기를 나누는데 마치 급하게 유튜버 데뷔를 준비하는 집단처럼 수많은 정보가 오가고 각자 분주했다. 팬데믹 시대에 급조된 바쁘고 황량하며 수익 창출도 할 수 없는 불행한 유튜버 크루가 된 것 같았다. 영상 촬영과 편집은 생각보다 어렵고 품이 많이 드는 일이다. 유튜버도 아무나 하는 게 아니구나 싶었다. 주말까지 다 바쳐서 영상을 찍고, 편집하고 추출하고 업로드까지 마친 뒤, 지친 채로 터덜터덜 퇴근길을 나서다 보면, 옆 교실에서도 다른 선생님이 카메라를 세워두고 목이 터져라 강의를 촬영하고 있었다. 원격수업으로 우왕좌왕하며 신기술을 체득하고 분투하는 우리의 모습은 멀리서 보면 들떠 보이고 흥미로워 보였을지 모르겠지만, 가까이서 보면 뭔지 모를 절망감과 분명한 피로감이 넘실대고 있었다. 멀리서 보면 희극, 가까이서 보면 비극.

EBS 온라인 클래스 플랫폼과 ZOOM 화상회의 플랫폼을 활용하고 영상 촬영, 자막 생성, 편집 기술까지 한꺼번에 섭렵하면서 (이미 영상의 시대는 시작된 지 오래였지만) 이 시대의 얼리어답터가 된 듯한 기분도 잠시 들었다. 그러나 매일의 현실은 암울했다. 원격수업을 운영하고 확진 학생 관리와 교과 출석 관리까지 담임교사가 맡아 하게 되어 업무부담이 몇 배로 늘어난 상황이었다. 원격 출석 체크를 하고, 수업에 접속하지 않는 학생들에게 연락을 하고, 건강 상태를 파악하고, 수업에 참여하도록 지도하고, 어르고 달래고 설득해서 출결 상황을 보고하는 것 모두 담임교사 몫이었다. 학교에 있어도 관리와 지도가 어려웠던 아이들이 시야에서 벗어나니 지도가 더더욱 어려울 수밖에 없었다.

다양한 피로가 빠르게 누적되는 동안 교사들도 아이들도 원격수업 시스템에 적응해갔지만 전혀 긍정적인 일로 느껴지지 않았다. 학교는 더 이상 학교가 아닌 것 같았다.

"이러느니 정말 유튜버를 하겠어. 평일에는 업무하고 출석 관리하고 애들 연락 돌리고 확진 학생 관리하느라 영상 찍을 시간도 없고, 주말 내내 영상 찍고 편집하고, 전에 없던 일이 매일 늘어나는데 유튜버 노릇까지 해야 한다니."

2020년의 학교에서는 이런 푸념이 흔하게 오갔다. 처음에는 매시간 강의하는 것보다 영상을 찍어 업로드하는 것이 더 효율적일지도 모른다고 생각했는데, 매 차시 수업을 하나의 완벽한 영상 기록물로 대체해야 하니 찍을 분량도 많고, 더 효율적인 전달을 고민해야 했고, 편집의 달인이 되지 않는 한 불필요한 스트레스를 받으며 많은 시간을 낭비해야 했다.

"애들이 수업 영상 링크를 학원에 공유한대. 교실에 있는 장비로 실시간 수업을 해도 마찬가지야. 애들이 녹화를 떠서 학원에 그대로 공유한다던데."

그런 이야기가 들려올 땐, 어떻게든 양질의 수업을 준비해보려 애쓰던 시간들이 그저 피로하게 느껴졌다. 교사의 초상권도 교육자료 저작권도 알게 모르게 침해당하는 상황이 불쾌하고 황당했지만 그렇다고 양질의 수업을 제공하지 않을 수도 없는 일이었다.

모두 그렇게 우왕좌왕 어리둥절한 채 팬데믹과 함께하는 시대를 맞았다. '뉴 노멀'의 시대가 도래하고 있었다. 그때는 상황이 그렇게 오래갈 줄은 몰랐다. 2020년 당시에는 2020년이 지나면 괜찮아질 거라고 생각했다. 마스크를 쓴 채로 생활하고, 언제든지 원격수업 체제로 전환될 수 있는 가능성을 열어둔 상황이 '뉴 노멀'이 될 거라고는 생각지 못했다. 그건 너무 절망적이었으니까.

갑자기 들이닥친 난세에 대응해 새로운 시스템이 빠르게 구축되고 적용되는 과정은 놀라웠다. EBS 온라인 클래스 플랫폼은 원격수업 운영에 큰 도움이 되었고 교사들은 빠르게 적응하고 배우고 대책을 만들어갔다. 많은 것들이 제안되고 개선되고 자리를 잡아갔다. 시스템이 개선되고 있었음에도, 이 모든 일을 다 옛일로 추억할 수 있는, 학교가 정상화되는 날이 오기를 우리는 오매불망 기다렸다. 원래대로라면 가장 정신없고 시끄러울 3월에 '시끄러움'과 '활기'가 빠지고 '혼란'만 남았을 때, 이런 상황이 얼마나 오래갈지 아무도 예측할 수 없었을 때, 모두 '언젠가는 다시 예전으로 돌아갈 수 있을 것'이라는 희망에 매달렸다.

새 학기에는 원래 미친 듯이 바쁘다가 과로사에 근접한 상태에서 정신을 차려보면 봄의 한가운데에 와 있기 마련인데, 2020년의 봄은 예외적으로 조금 느리게 흘렀던 것 같다. 원격수업이니 학사일정이니 예산안이니 업무 추진 수정이니 뭐니 하며 바쁘긴 했지만, 학교에 아이들이 없으니 홀린 듯 정신없지는 않았다. 그리고 조용하고 무료했다. 마치 일반 사무직 직장인의 삶을 간접 체험 하는 기간 같았다. 교무실에 수시로 들락거리는 아이들, 어수선하고 들뜬 분위기, 쉬는 시간이면 왁자지껄한 복도, 시끄럽고 번잡하고 웃음소리가 가득한 급식실…. 그런 것 없이 가라앉은 교무실의 분위기와 매시간 썰렁한 복도, 처음 겪는 정상적인(?) 근무 환경(방학에 근무할 때나 느낄 수 있던 환경)이 은근히 평화롭게 느껴지기도 했는데, 아이들과 랜선 너머 화상회의 플랫폼으로만 얼굴을 보는 상황은 비현실적이고 씁쓸했다. 아이들과 내가 사이버 세계에 존재하는 허상의 인물이나 홀로그램인마냥, 존재의 의미가 희미해지는 것 같기도 했다.

드디어 아이들이 등교했을 때, 어떤 중요한 시기가 물에 솜사탕 녹듯 허무하게 사라져버린 것 같은 느낌이었다. 아이들이 한창 새 학급, 새 학기 일과에 적응하고 서로 유대감과 친밀감을 만들어갈 시기에 온라인 화상회의와 단체 카톡방에서 쌓은 내적 친밀감만 굳어진 상태라서 과연 괜찮을까 노파심이 들었다. 다행히도 우리 반 아이들은 금세 다들 친해지고 왁자지껄 즐거워졌다. 우리는 짧았던 2020년을 정말 멋지게 보냈다. 2020년의 담임 학급 아이들도 이전 해의 아이들처럼 유쾌하고 밝은, 잘 웃는 아이들이었다. 어찌나 에너지가 넘치고 단합력이 좋았는지, 코로나19 상황이 아니었다면 우리가 얼마나 많은 행사들을 함께 즐겁고 멋지게 해냈을까, 하는 아쉬움이 아직까지도 남아 있다. 우리는 정말 멋졌을 거라고, 마스크를 쓰고 교실 안에만 있었어도 우리는 그토록 멋졌다고, 한 해의 끝에 아이들과 웃으며 이야기했다.

2020년에는 모두 박탈당한 기분으로 한 해를 보냈을 것이다. 모임도, 행사도, 축제도 모두 사라진 세계에 무언가 텅 비어버린 느낌이었지만, 그래도 각자의 자리에서 어떻게든 살아냈다. 학기가 이미 반이 지난 시점에 학급 아이들과 뒤늦은 개별 대면 상담을 할 때, 마스크를 쓴 채 짧게 이야기를 나눌 수밖에 없는 것이, 한 명 한 명 웃는 표정을 보지 못하는 것이 아쉬웠다. 아이들의 환한 얼굴과 표정을 다 보지 못한 채 한 해를 보내야 했던 게 여전히 못내 아쉽다. 사람들과 함께 얼굴을 마주하고 웃고 떠들고 노래하고 춤추는 일이 다시 오지 못할 소중한 순간이 될 수도 있다는 것을, 그 아쉬움과 두려움과 절망을 처음 알았다. 학교라는 체제와 공간의 의미 또한 코로나19 덕에 새삼 깨달았다. 학교의 역할은 단순히 지식의 전달과 교과목의 교육을 넘어선, 그보다 훨씬 더 크고 중요한 일이라는 것을. 공동체에서의 생활과 배움, 유대감과 소속감, 안전망을 제공하고 사람이 사람과 마주하며 살아가는 삶의 터전으로서 아이들에게 제공되는 곳이 학교라는 공간임을 절절히 깨달았다.

팔자에 없던 강의 영상을 준비하느라 에너지를 소진한 동료 선생님이 잔뜩 지친 채 이야기했다.

"이런 식이면 나중에는 학교가 사라지지 않을까? 원격 수업만 하고 애들은 집에서 공부하고, 그렇게 해도 대학을 갈 수 있다는 인식이 자리 잡으면. 애들이 이걸 편하다고 생각하게 될 수도 있어. 이미 그렇게 된 것 같기도 해."

그때 누군가가 말했다. 그렇기 때문에, 그렇게 되면 안 되기 때문에 학교는 사라지지 않을 것이라고.

"이제 다들 알게 될걸? 집에서 혼자서 수업 듣고 공부만 한다고 사람 되는 게 아니라는 걸."

그 말을 듣고 생각했다. 이제 모두 학교의 진짜 역할을 알게 될 것이라고. 학교는 단순히 수업을 제공하는 곳이 아니며, 교사들 또한 단순히 지식을 전달하는 기계 같은 존재, AI로 간단하게 대체될 수 있는 존재가 아니라는 것을. 아이들에게는 부모 외에도 상호작용할 어른이 필요하고 학교에서 교사들이 자연스럽게 그 역할을 수행하고 있다는 걸 진작부터 알고 있었지만, 코로나19 때문에 오랫동안 등교하지 못하던 아이들을 마주하고 그 사실을 더욱 절감했다. 팬데믹으로 인해 바뀐 시대 풍경 속에 학교의 의미는 오히려 더 생생해졌다.

등교수업을 재개한다는 공지를 듣고 '학교 가기 귀찮다'던 아이들도 학교에 나와서는 들뜨고 활기찬 모습으로 지냈다. 아이들도 알고 있었다. 학교가 답답하고 귀찮고 싫은 것 같아도 영영 나오지 못하게 된다면 아쉬운 의미라는 걸.

10대 시절의 나를 떠올려보면 그렇게 학교가 싫었으면서도 학교를 벗어나는 선택은 고려조차 하지 않았다. 그랬던 것은 (단순히 제도권 안에 머무르고자 한 기본적인 욕망을 빼고) 학교에서 이룬 공동체 안에서 10대 시절의 내가 존재감과 의미를 가졌고, 친구들과 함께할 수 있었으며, 일부였지만 존경하고 좋아하는 선생님들이 든든하게 계셨기 때문이었다. 교사로 일하면서 언제나 바글바글 시끌벅적한 학교가 가끔 넌더리 나던 나도, 아이들이 있기 때문에 학교가 살아 있는 공간일 수 있다는 걸 코로나19 상황을 겪으며 체감했다. 팬데믹은 우리에게서 많은 것을 앗아가고 동시에 익숙했던 많은 것들의 소중함을 일깨웠다.

2020년에 내가 담임을 맡은 아이들은 유난히 나를 잘 따랐다. 몇몇 아이들은 졸업을 한 후 지금까지도 종종 내게 연락을 해오고, 가끔 만나 근황을 전하면서 환하게 웃고 고민을 털어놓는다. 원격수업을 하던 기간 때문에 교실에서 함께 부대끼며 지낸 시간이 짧았지만, 짝꿍도, 이렇다 할 학교 행사도 없이 모두가 책상을 일렬로 떼어 앉은 채 단조로운 수업을 하며 한 해가 지났지만, 그럼에도 서로 아끼며 즐겁게 지내는 아이들의 모습이 무척 사랑스러웠다. 온통

웃을 일뿐이던 아이들과 한 해를 지내며 내가 참 복이 많다는 생각을 했다. 마스크를 쓴 채였지만 매일 함께 웃으며 지낼 수 있었다. 팬데믹 상황의 고초를 겪었지만, 그래도 학교로 돌아오길 잘했다고 후회 없이 웃을 수 있던, 좋았던 만큼 함께한 짧은 시간이 아쉬웠던 2020년이었다.

아이들과 교실에서 함께하지 못하는 수업은 확실히 양념 빠진 국수처럼 밍밍했고, 일방향 강의식 수업은 안 그래도 지치는 팬데믹 일상을 더 지치게 했다. 등교를 하다가 확진자 발생, 거리두기 단계 격상 등으로 갑자기 원격수업 체제로 전환되면 집중하기 힘든 온라인 수업과 들이닥치는 과제에 허덕이던 아이들. 활기찬 학교를 떠나 지루함에 시들어가는 아이들을 위해 어떤 수업을 어떻게 해야 할까 고민하다가, 아예 '팬데믹'을 주제로 수업을 하기로 했다.

'Ted Education' 플랫폼에서 교육자료로 제작한 'When Is a Pandemic Over?(팬데믹은 언제 종식되는가?)'라는 영상은 내용이 전문적이면서도 쉽고 간결했다. 세계적 유행병이 언제 종식되는지(언제 팬데믹의 종식이 선언될 수 있는지)에 대한 체계적이면서도 쉬운 설명을 담고 있는 교육용 자료로,

유익하며 시대 상황에 적절했다. 영상을 반복해서 시청할 수 있으니 갑작스레 등교가 중지되어 온라인 수업을 하는 상황에도 활용하기 좋았다.

영상의 내용은 곧 아이들 사이에서 회자되었다. '집단 면역'의 신화는 실패했고 코로나19 바이러스 변이는 계속 생겨났다. '팬데믹이 영원히 안 끝나면 어떡하나.' 하는 걱정도 여기저기서 나왔지만, 언젠가 종식될 거라는 희망도 있었다. 아이들은 영상 내용을 몇 문장으로 요약해서 업로드하는 온라인 과제를 수행했는데, 추가로 조사한 내용을 덧붙인 인상 깊은 과제물들이 있었다. 가장 기억에 남는 건 역대 팬데믹을 초래한 바이러스들과 코로나19 바이러스의 양상을 비교해서 정리한 글이었다. 약학대학 진학을 희망하던 학생이었는데, 코로나19 백신 개발 전망과 연구 단계에 대해서도 자발적으로 조사해 내용을 첨부했다. 일에 치이고 팔자에 없던 유튜버 노릇까지 하느라 코로나19 백신 개발이 어떻게 되어가는지, 역대 다른 전염병들에 비해 코로나19 바이러스의 파급력은 어느 정도인지, 세상 돌아가는 꼴을 탐구할 겨를 없이 얼렁뚱땅 되는대로 새 시대에 적응해가고 있던 나는, 오랜만에 세상 돌아가는 일을 들여다

보며 학생의 과제물을 흥미롭게 읽었다. 학생들로부터 새로운 배움을 얻는 그런 순간들이 정말 귀했다.

아이들이 읽을지 안 읽을지 몰라도 참고 자료로 타국의 팬데믹 상황에 대한 영어 기사문 링크들을 온라인 클래스에 탑재해두기도 했는데, 링크를 클릭해 기사를 읽고 후기를 남기는 아이들도 있었다. 아이들에게 비대면 칭찬 코멘트를 달면서, '얼굴을 마주하고 칭찬할 수 있었다면 더 좋았을 텐데.' 하고 생각했다. 아이들이 등교하지 않던 기간에는 칭찬을 할 기회도 많지 않았고 텍스트로만 전하는 칭찬은 다소 싱거웠다. 사람은 적응의 동물이라 비대면 환경에 학생들도 교사들도 빠르게 적응했지만, 영원히 비대면 수업을 해야 한다면 재미도 감동도 없고 나름대로 매우 피곤한 일이었다.

2020년에 'When Is a Pandemic Over?' 영상 내용을 공부하며 팬데믹의 종식을 염원하던 아이들은 2021년에 고3 수험생이 되었고, 2019년 첫해를 제외하고는 고등학교 시절 2년 동안 아무 행사도 축제도 여행도 함께하지 못한 채 2022년 2월에 각자의 교실에서 소소한 졸업식 행사를 치렀다.

팬데믹으로 인해 아이들이 예기치 못하게 박탈당한 한 시절의 즐거움과 자유를 언젠가 더 좋은 것으로 보상받을 수 있기를 바란다. 전 세계를 휩쓴 바이러스와 함께 세상이 빠르게 변하는 동안 아이들은 자신을 둘러싼 세계를 어떻게 인식했을까? 사실 우리의 자유와 기쁨을 위협하는 것은 팬데믹뿐만이 아니다. 기후 위기, 식량 문제, 세계 곳곳에서 벌어지는 전쟁과 분열, 수많은 거대한 문제들이 우리 삶 곳곳에 현재 혹은 미래의 위험 요소로 스며 있다. 아이들이 더 많이 웃고 더 많이 배우고 많은 것들을 경험하며 살아 있음을 느낄 수 있는 시절이 부디 앞으로도 길게 남아 있기를 바란다. 예측할 수 있어도 막을 수 없거나 막지 못하는 일들, 예측할 수 없이 벌어지는 수많은 일들이 우리 앞에 펼쳐지겠지만, 부디 함께 웃을 수 있는 날이 더 많기를 바라본다.

마스크를 쓰고 언제나 방역에 유의하는 일상이 '뉴 노멀'이 되기까지 그리 오랜 세월이 걸리지 않았다. 팬데믹이라는 거대한 위기에도 학교는 어떻게든 굴러갔고, 수많은 이들이 노력과 에너지를 쏟아 새 시스템을 만들고 유지해나갔다. 학교 현장에서든 어디서든, 지난 3년간 수고하고 버티고 각자의 자리에서 삶을 일군 모든 이들에게 진심 어린 박수를 보내고 싶다. 팬데믹은 언젠가 끝날 것이고 또 다른 위기들이 찾아올 때도, 우리는 서로 다정함과 온기를 보태며 어떻게든 함께 견디고 살아낼 것이다. 사람이 서로 기대어 사는 것의 의미를 팬데믹 시대를 겪으며 뼈저리게 알았다.

✦ English Poem Party: 영시번역동아리

"Translation is that which transforms everything so that nothing changes."

(번역이란 아무것도 변하지 않도록 모든 것을 변형시키는 것이다)

_ 귄터 그라스Gunter Grass

나는 어릴 적부터 번역이라는 작업이 하나의 예술 분야라고 생각했다. 언어를 넘나들며 재치 있거나 정교하게 이루어진 모든 번역이 전문가가 공을 들인 예술 작품 같다고 느꼈다. 단어와 표현 하나하나에 대한 깊이 있는 이해와 고민, 정교한 기술이 어우러져 만들어내는 작품 같았다. 하나의 언어를 다른 언어로, 본래의 의미가 보존되도록 매끄럽게 옮기는 일은 문화권 간의 이해와 소통을 가능하게 하고 더 나아가 지구의 다양한 문화권의 사람들이 서로 연결될 수 있게 하는 큰 의미와 가치를 지닌 일이다.

통번역 대학원 진학을 꿈꾸거나 번역가의 진로를 꿈꿀 만큼 직접 번역을 하는 일에 몰두했던 것은 아니다. 주로 영화나 드라마의 제목과 대사 번역, 영화 포스터 카피의 센스 있는 번역, 생각보다 잦은 영화 자막 오역 같은 것에 관심을 두었고, 잘된 번역을 음미하거나, 반대로 의미를 뭉개버린 혹은 다소 어색하거나 아쉬운 번역의 경우 '나라면 어떻게 했을까.' 고민해보고는 했다. 번역의 기술이란 정말 흥미로운 것이고 특히나 문학적인 표현의 번역에 있어서는 더욱 예술의 경지에 가까운 언어 능력과 섬세함이 필요하기에, 영시나 노래 가사 번역에 관심이 많았다. 언어와 번역 분야에 관심이 있는 학생들과 함께 번역 동아리를 운영해보는 것이 교사가 되었을 때 가졌던 로망 중 하나였다.

'영시번역동아리'라고 하면 보통은 '뭐야, 저 지루해 보이는 문학 동아리는.' 하고 생각하겠지만 나와 같은 벽癖을 가진 친구들은 관심을 보일 거라고 예상했다. 2020년에 영시번역동아리를 개설하기로 하면서 동아리 이름을 뭐라고 할지 고민이었다. 동아리 이름을 학생들과 머리를 맞대고 짓는 게 아니라(학생들이라면 분명 나보다 더 참신한 동아리명을 생각해낼 텐데) 교사가 동아리 이름을 정해서 리스트에 올려놓으면, 그것을 보고 학생들이 가입을 신청하므로, 동아리 이름을 어떻게 짓느냐가 나름대로 중요했다. 그냥 '영시번역동아리'라고 하면 고루해 보일 게 뻔한데, 뭐라고 해야 번역과 시문학에 흥미를 둔 학생들의 관심을 끌 수 있을까 고민하다가, 'English Poem Party: 영시번역동아리'라고 이름을 정했다.

새 학기에 원격수업 진행으로 인해 동아리 활동 운영 시작이 조금 미뤄졌고, 추후 개설된 온라인 클래스에 동아리명을 등록했을 때, 소수였지만 내 예상보다는 많은 학생이 등록 신청 명단에 있었다. '얘가 영시 번역에 관심이 있었다고?' 싶은(영시와 번역 모두와 거리가 먼 것 같은) 아이들의 이름도 명단에 있었다. 등교수업이 재개되어 교실에서 동아리 부원들을 처음 대면했을 때, 예상보다 활기찬 분위기에 안심이 되면서 이 소수 정예 동아리를 잘 꾸려보겠다는 의지가 솟았다.

아이들과 인사를 나누고 몇몇 아이들에게 이 동아리에 왜 들어왔는지를 물었는데, '영문학에 관심이 있어서' '시를 좋아해서' '번역을 해보고 싶어서' 같은 예상했던 이유들 사이에 솔직하고 귀여운 이유가 끼어들었다.

"온라인 클래스에 긴 동아리 이름이 잘려 나와서 앞부분에 'English Poem Party' 부분만 보고 '파티'에 꽂혀서 파티하는 동아리인 줄 알고 들어왔어요."

신청자 명단을 들여다볼 때 '이 아이가 왜 이 동아리를 신청했을까.' 싶어 의아했던, 문학보다는 체육 활동에 두각을 보이던 아이 중 하나였다. 그 아이의 친구도 덩달아 함께 들어왔다. 어이없고 귀여워서 웃음이 나왔다. 내가 "어쩐지!" 하며 웃자 아이도 멋쩍은 듯 웃으면서 '그래도 선생님 동아리니까 신청한 것'이라고 기분 좋은 이유를 덧붙여주었다. 동아리 이름에 'Party'가 들어가 있는 만큼, 그 아이 말대로 파티처럼 재밌게 동아리를 운영해보겠다고 선언했다.

우리는 영어로 쓰인 시를 우리말로 번역하고, 우리말로 쓰인 시를 영어로 번역해보기도 하고, 번역 결과물로 소소한 전시회도 할 건데, 지금이라도 혹여 다른 동아리로 옮기고 싶다면 넓은 마음으로 이해해주겠다고 공지했다. 영시와 번역보다 파티를 기대하고 동아리에 들어온 아이들은 '재밌을 것 같으니 한번 해보겠다'고 했다. 든든한 말이었다. 학생들은 한 해 동안 난생처음 번역을 하면서 머리를 싸매고 힘들어하기도 하고, 성취에 뿌듯해하기도 하면서 번역의 미학에 적응해가는 듯했다.

동아리 시간마다 교실에서 영시를 읽고 번역하다가 돌연 원격수업 체제로 전환된 뒤, 화상회의 플랫폼에서 만나 각자가 고른 영시 하나씩을 소개하고 낯간지러운 낭송을 해보기도 하며 'English Poem Party: 영시번역동아리'는 순조롭게 진행되었다. 영시번역동아리는 나의 예상보다 더 재밌었다. 우당탕탕 얼렁뚱땅 영어 원문의 시들이 한국어로 번역되고 다듬어지고, 그럴싸한 완성본들이 탄생했다. 아이들에게 익숙하거나 낯선 윤동주의 시 몇 개가 영어로 옮겨졌고, 담백한 시어들로 쓰인 윤동주의 시를 영어로 번역하는 과정에서 아이들은 '한국어에 있는 표현 중에 영어로 정확하게 맞아떨어지는 표현이 정말 없다'는 사실을 체험했다. 번역이란 결코 쉽지 않은 작업이고 시의 번역이란 더욱 그러하기에, 아이들이 애써 우리말로 옮겨놓은 시들은 조금 이상한 말들이 되어 있기도 했다. 그래도 나의 피드백과 도움을 받은 후에 다시 서로 의견을 모아 단어 하나 하나와 연결사를 고르고 골라 다듬다 보면 꽤 괜찮은 번역본들이 나왔다.

아이들의 번역 결과물은 완벽하지 않아도, 조금 어색해도, 아이들 나름의 치열한 고민과 정성이 녹아 있어 그 자체로 빛났다. 아이들과 함께하다 보면 아이들이 해내는 예상 밖의 일들에 놀라고 경탄하는 순간들이 종종 있다. 영시 번역동아리에서 아이들은 내 굳은 생각의 틀을 뛰어넘는 창의적인 표현들로 번역을 풀어내곤 했다. 번역에는 언어 능력뿐 아니라 톡톡 튀는 창의성까지 필요하다는 걸 새삼 느꼈다. 단순히 영어를 잘해서가 아니라, 문학을 통달해서가 아니라, 생각이 자유롭기 때문에 나오는 참신한 표현들이 번역을 완성시키기도 했다.

학기말에 받은 아이들의 동아리 활동 소감문에는 번역을 해보면서 '이래서 번역기를 돌리면 안 되는구나.' 하고 깨달았다는 내용, 영어를 잘한다고 해서 시를 잘 번역할 수 있는 건 아니며 번역에는 별도의 훈련과 기술이 필요하다는 걸 알게 되었다는 내용, 우리말이 정말 아름답고 표현이 다채로운 언어라는 걸 알게 되었다는 내용 등이 있었다. 소감문을 읽어보며 아이들 한 명 한 명에게 박수를 보냈다. 쉽지 않은 시 번역을, 그 정교한 예술을 해낸 모두에게 함께 박수를 보내면서 한 해를 마무리했다. 학교에서 발행한 동아리 교지에는 다음과 같은 동아리 소개문이 실렸다.

> English Poem Party: 영시번역동아리는 시와 문학, 번역에 관심이 있는 10명의 학생들이 모여 한 해 동안 개인별 혹은 그룹으로 시 번역 활동을 함께하고 있다. 다채로운 영시를 감상하고 우리말로 번역하는 활동을 주로 하며, 우리말로 쓰인 윤동주의 시들을 영어로 번역하는 활동도 하면서, 언어와 언어를 넘나들며 연결하는 번역의 가치와 의미를 깨닫는 소중한 경험을 하고 있다. 시어의 의미와 표현을 깊이 고민하고 작품의 심상을 유지하면서 한글 혹은 영어로 옮겨보는 번역의 과정을 통해 문학을 감상하고 이해하는 능력 또한 깊어진다.

아이들이 완성한 영시 번역본 및 윤동주의 시 영문 번역

본 몇 개를 소개한다. 완벽하지 않더라도 세상에 단 하나뿐인 번역본들이다.

Let It Be Forgotten

Sara Teasdale

Let it be forgotten, as a flower is forgotten,
Forgotten as a fire that once was singing gold,
Let it be forgotten for ever and ever,
Time is a kind friend, he will make us old

If anyone asks, say it was forgotten
Long and long ago,
As a flower, as a fire, as a hushed footfall
In a long forgotten snow

잊혀지게 해요

사라 티즈데일

(번역: OO고등학교 영시번역동아리 권OO, 지OO, 장OO)

잊혀지게 해보아요, 꽃이 잊히듯이
잊혀지게 해보아요, 한때 금을 태우던 불처럼
잊혀지게 해보아요 영원히
시간은 친절한 친구, 그는 우리를 늙게 할 것입니다

만약 누가 묻는다면, 그것은 잊혀졌다고 말해요
오래 오래전에,
꽃처럼 불처럼, 오래전에 잊힌 눈을 밟는
고요한 발걸음처럼

Love and Friendship

Emily Brontë

Love is like the wild rose-briar,
Friendship like the holly-tree—
The holly is dark when the rose-briar blooms
But which will bloom most constantly?

The wild rose-briar is sweet in spring,

Its summer blossoms scent the air;
Yet wait till winter comes again
And who will call the wild-briar fair?

Then scorn the silly rose-wreath now
And deck thee with the holly's sheen,
That when December blights thy brow
He still may leave thy garland green

사랑과 우정

에밀리 브론테

(번역: ○○고등학교 영시번역동아리 이○○, 정○○, 나○○, 위○○)

사랑은 들장미와 같고,
우정은 호랑가시나무와 같다
들장미가 한창일 때 호랑가시나무가 초라하다지만
어떤 것이 가장 오래 꽃을 피울까?

들장미는 봄에 사랑스럽고
여름에 꽃을 피워 공기에 향기를 물들인다
겨울이 다시 올 때까지 기다린다면
누가 들장미를 아름답다고 할까?

우스운 장미 화환은 이제 경멸하고,
그대를 호랑가시 광채로 장식하라
12월이 그대의 이마에 그림자를 드리워도
호랑가시가 그대의 화환을 푸르게 남겨둘 것이다

바람이 불어

윤동주

(번역: ○○고등학교 영시번역동아리 위○○, 이○○)

바람이 어디로부터 불어와
Where is the wind coming from
어디로 불려가는 것일까
Where is it being called

바람이 부는데

The wind is blowing

내 괴로움에는 이유가 없다

but there is no reason for my suffering

내 괴로움에는 이유가 없을까

Is there no reason for my suffering

단 한 여자를 사랑한 일도 없다

I never loved a woman

시대를 슬퍼한 일도 없다

I never felt sad about the time I live in

바람이 자꾸 부는데

The wind is repeatedly blowing

내 발이 반석 위에 섰다

but my feet are still on the rock

강물이 자꾸 흐르는데

The river is repeatedly flowing

내 발이 언덕 위에 섰다

but my feet stood on the hill

✦ 영미문학산책: 밤의 문학교실

《To Kill a Mockingbird》, Harper Lee
《A Room of One's Own》, Virginia Woolf

문학을 사랑하는 학생들과 함께했던 소규모 야간 수업 '영미문학산책'. 방과후 프로그램으로 야간 심화수업이 개설되고 수업을 맡게 되었을 때, 나는 곧바로 문학 수업을 떠올렸다. 영미 문학을 사랑하는 사람으로서 문학 수업을 꼭 해보고 싶었지만, 정규 수업에서는 문학 작품을 다룰 기회가 없거니와 학생들에게 영미 문학 작품이란 심리적 장벽과 거리감이 다소 있는 것이었다. 심화수업 기획안을 짜면서 내가 사랑한 수많은 작품들이 머릿속을 스쳐갔지만, 어떤 작품들은 수업에서 다루기에 너무 길거나 어렵고 난해했다. 적절한 수준의 난이도(어휘, 문장, 내용 등)를 갖추되 교훈적인 메시지까지 담긴 작품을 고민하다가, 오래전에 읽었던 하퍼 리Harper Lee의 소설 《To Kill a Mockingbird(앵무새 죽이기)》를 떠올렸다.

《To Kill a Mockingbird》는 화자가 어린아이인 1인칭 주인공 시점 소설이다. 어린아이가 소설의 화자로 등장하는 설정은 다양한 효과를 가진다. 사건과 인물들이 어린아이의 시각으로 서술되므로, 읽는 이로 하여금 때때로 큰 충격과 깨달음을 얻게 하고 동시에 더 많은 추측과 사고를 하게 한다.

《To Kill a Mockingbird》는 사회의 어두운 일면들을 날카롭게 드러내는 소설임에도 어린이가 화자이기 때문에 서술된 어휘나 문장 수준이 쉬운 편에 속해 수월히 읽힌다. 천진한 아이의 목소리를 따라 서사를 파악하다 보면 어린아이 특유의 천진난만함, 사건에 대한 엉뚱한 해석 등으로 미소 짓는 순간들도 있지만 대체로는 이 세계의 폭력성을 날것 그대로 마주하게 되므로 성인이 화자인 소설에서는 느낄 수 없는 신선한 충격을 받는다. 서술된 사건들과 말들에 내포된 의미들, 어린아이의 입장에서 접한 어른들의 말과 행동들이 뜻하는 바를 이해하며 서사를 따라가야 한다. 독자들은 어린이 특유의 솔직함, 걸러지지 않은 날것의 감정들이 전달하는 충격을 흡수하면서 소설에 더욱 흥미를 가지고 몰입할 수 있다.

장편소설을 다루는 야간 심화수업 '영미문학산책' 신청자는 매우 적었다. 최소 수강 인원인 다섯 명이 딱 맞게 채워졌다. 해가 지고 적막한 교실에 모여 앉아 미리 읽어온 부분을 함께 톺아보며 표현들을 익히고 대사나 사건들의 의미를 분석하던 야간 수업 시간. 당연한 일이지만, 문학에 일가견이 있고 독서를 좋아하는(요즘 아이들 중 '독서광'이나 '문학도'의 비율은 이전에 비해 훨씬 적다) 그리고 동시에 영어 심화수업을 수강할 만큼 영어에도 애정을 가진 아이들이 수강을 신청했다. 소수 정예의 문학도들이 모여 (살아온 세월이 조금 더 긴 문학도인) 나와 함께 명작 소설을 원어로 읽는 시간은 꽤 의미 있고 매우 학구적이었다. 마치 밤의 비밀 결사단, 비밀 문학 동아리처럼 우리는 조용하고 가끔 웃고 자주 진지하게 머리를 싸매고 함께 의견을 나누는 귀한 시간을 보냈다.

밤의 문학 결사단 수장을 맡고 있던 나는 업무와 다른 수업들과 생을 지탱하는 일들에 쫓겨 책 읽을 시간이 부족해서 어떻게든 시간을 쪼개야 했고, 주로 급식 지도가 없는 날 점심시간에 빠르게 밥을 먹고 교정 한구석 벤치에 앉아 햇살을 즐기며 손에 《To Kill a Mockingbird》 원서와 연필한 자루를 들고 심각한 표정으로 수업 준비(독서)를 하곤 했다. 그 모습이 꽤나 여유롭고(머릿속은 전혀 여유롭지 못했다) 멋있어 보였는지, 지나가던 동료 선생님들이 "선생님은 업무도 바쁘고 수업도 많으면서 점심시간을 쪼개서 원서를 읽는 거냐"며 혀를 내둘렀다. "야간 수업 준비…."라고 멋쩍게 웃으며 변명을 하곤 했지만, 그냥 우수에 찬 독서광처럼 보이는 것도 그리 나쁘지 않다 싶어 어느 순간부터는 변명도 않고 씩 웃어 보이기만 했다. 깔깔거리며 교정을 걷던 아이들도 다가와서 "선생님 원서 읽으시는 거예요?" 라며 내 손에 들린 낡은 책을 들여다보곤 했다. 수업 종이 울리기 전 교무실로 종종걸음으로 돌아갈 때, 손에 《To Kill a Mockingbird》를 들고 도서관에서 나오는 야간 심화수업 수강생을 마주쳐 서로 씩 웃기도 했다.

《To Kill a Mockingbird》 수업은 성공적이었다. 가장 성공적이었던 것은 한 학기 동안 진행된 야간 수업에서 장편소설 한 권을 다 함께 끝까지 읽어냈다는 점이다. 나도 아이들도 바쁜 와중에 용케도 매번 정해진 분량을 다 읽었다. 미리 읽어올 분량을 정해줄 때마다 아이들이 과연 읽어올 수 있을지, 그리고 내가 수업을 제대로 준비할 시간적 여유가 있을지 걱정했는데, 모두 해내었다. 그것만으로도, 브라보!

어린아이의 시선으로 보는 폭력적인 세계의 무참함은 독자에게 더욱 선명하게 전달되고, 그 세계는 어린아이의 개입으로 인해 천진한 방식으로 위로받고 허물어지기도 한다. 《To Kill a Mockingbird》가 매력적이고 문제적인 명작인 이유는 이 세계의 부조리와 폭력을 어린이의 목소리를 빌려 날카로우면서도 따뜻하게, 정확하면서도 냉철하게 그리고 희망을 담아 그려냈기 때문이라고 생각한다.

어린아이들을 이해하는 동시에 세계의 폭력성과 복잡성을 어렴풋이나마(혹은 더 섬세하게) 이해하고 있는 10대 아이들과 《To Kill a Mockingbird》를 함께 읽고 감상을 나눈 것은 아주 뜻깊은 경험이었다.

첫 야간 문학 수업을 성공리에 마무리하고 다음 학기 '영미문학산책 시즌2'를 기획하면서, 기존에 심화수업을 수강한 아이들에게 어떤 작품을 공부하고 싶은지 물었다.

야간 문학 수업에 가장 열심이던 학생 두 명이, 꼭 원서로 읽어보고 싶었는데 너무 어려워 혼자 읽을 엄두가 안 나서 결국 한국어 번역본만 읽은 책이 있다고 했다. 버지니아 울프Virginia Woolf의 《A Room of One's Own(자기만의 방)》이었다. 나도 원서로는 읽어보지 않은 책이었다. 대학 때 한국어 번역본을 읽으며 다소 장황한 문어체 번역에 질린 기억이 있었다. 아이들 덕에 처음으로 《A Room of One's Own》 원서 읽기를 시도해보았는데, 나조차 쉽지 않았다.(작가 특유의 의식의 흐름대로 서술하는 방식이 주는 혼란스러움이 있다) 그러나 아이들의 의지가 확고했고 원서로 강독할 가치가 있는 책이었다. 문학 수업을 할 때는 단순히 영어 표현들이나 문장 구조 등에 주목하기보다는 저자가 전달하고자 하는 의미를 이해하고 삶으로 가져가는 것에 더 방점을 두었다. 본래 문학의 의의란 그런 것이니까.

한 인간으로서 자아를 확립한 뒤 자신의 세계를 구축하고 확장하기 위해서 그리고 자신의 것을 창작하기 위해서는 반드시 자기만의 방(A Room of One's Own) 그리고 돈이 필요하다는 자명하고 중요한 사실을, 버지니아 울프는 다양한 비유와 의식의 흐름대로 서술한 장면들을 제시하며 분명하게 전한다. 버지니아 울프는 널리 알려진 대로 다음과 같이 이야기한다.

> A woman must have money and a room of her own if she is to write fiction.
> 한 여성이 소설을 쓰고자 한다면 그는 돈과 자기만의 방을 가져야 한다.

우리가 창작을 하고자 하는 이에게 돈(재정적 안정, 경제적 자유) 그리고 자기만의 방(물리적 독립, 정신적 자유)이 필요한 이유에 대해 심도 있는 토의를 할 때, 아이들은 '너무도 당연한 이야기'라며 자기만의 독립된 공간 그리고 경제적 자유 없이는 그 어떤 완전한 자유도 꿈꿀 수 없다고 말했다. 번역가를 꿈꾸는 아이, 디자이너를 꿈꾸는 아이, 정치외교학 전공을 꿈꾸는 아이, 국어 선생님을 꿈꾸는 아이, 영문학 전공자를 꿈꾸는 아이. 눈을 빛내며 밤의 문학 수업에 참여하던 그 아이들 모두에게 미래에 경제적 자유와 자기만의 방이 생기기를 간절히 바랐다. 이 아이들이라면 원하는 자유를 누리며 자기만의 방을 구축할 수 있을 거라는 확신이 들었다. 버지니아 울프가 전한 깊고도 극명하며 단순한 진실을, 아이들은 책을 읽기도 전에 이미 이해하고 있었다.

나는 창작을 하는 사람 그리고 아이들을 교육하는 사람으로서, 자기만의 방과 경제적 자유를 얻는 것은 더 자유롭고 더 깨어 있는 교육을 하는 일과도 분명히 연결되어 있다고 느꼈다. 교육하는 일과 창작하는 일은 맞닿아 있다. 나의 것을 발산하고 전함으로써 더 많은 이들과 연결되고 소통을 하고 서로 영향을 주고받는 것은 교육과 창작의 공통된 점이다. 버지니아 울프는 창작 활동을 하고 자신의 이야기를 글로 남김으로써 중요한 진실을 후세에까지 많은 이에게 전하고 있다. 그것도 일종의 교육이라고 하면, 좋은 교육을 위해서도 자기만의 방은 필요하다. 충분한 재정적 안정과 자유도.

안타깝게도 나는 2학기 야간 심화반 수업을 끝까지 마무리하지 못하고 학교를 떠나야 했다. 교권 침해 사안으로 인해 학교를 떠날 결심을 하고 울며 겨자 먹기로 아이들과 헤어질 결심을 했다. 교권 침해 사안을 겪으며 중증 우울장애 진단을 받고 학교를 떠나야 했을 때, 마지막까지 가장 아쉽고 미안했던 것이 야간 심화반 수업을 끝까지 마무리하지 못하고 내려놓아야 했던 것이었다. 내가 기획하고 시작한 수업, 아이들이 나를 믿고 한 해 내내 따라와준 수업을 끝까지 하지 못하고 중간에 내려놓는 건 원래의 나로서는 스스로 절대 용납 못 할 일이었다. 그러나 (충분치 못한) 돈과 (야근을 하느라 자주 활용하지 못한) 자기만의 방이 있다고 해도, 예기치 못한 풍파에 스러지는 일도 때로는 있는 법.

문학 수업을 함께하던 아이들은 작별을 고하며 미안하다고 말하는 내게 미안해하지 마시라며, 선생님은 학교가 아닌 다른 곳에 계셔도 어디서든 멋질 거라고, 졸업을 하고 더 큰 무대에서 마주하기를 기대하게 되는 분이라고 말해주었다. 휴식기를 마치고 학교로 돌아갔을 때, 아이들은 미묘하게 그러나 눈부시게 성장해 있었다. 나 또한 그랬다.

지금 세상에 나아간 아이들은 문학도들의 정갈하고 산뜻한 산책 같던 야간 수업을, '자기만의 방'을 기억하고 있을까? 함께 마무리하지 못했던 그 이야기를, 각자 있는 곳에서 되새기며 더 큰 의미로 확장시켜가기를 바라본다. 아이들과 함께 원서를 읽고 생각을 나누는 수업은 나로 하여금 아이들의 무궁무진한 가능성을 보게 했고, 나의 시야를

넓혀주었으며 가르침과 배움의 환희를 다시 내게 열어주었다.

조금 이상한 선생님

교직에 있는 내내 나는 스스로를 조금 이상한 선생님이라고 여기게 되었다.(스스로 그렇게 생각하고 있다는 걸 모두에게 감추는 게 아주 힘들었다) 아무래도 학생 때 내내 학교를 갑갑해하다가 학교를 직장 삼아 매일 출근하게 된 사람이다 보니, 어딘가 조금 이상한 구석이 있는 선생님이 된 것은 필연적인 일인지도 모른다.

나는 시작부터 아이들의 행동 중 이해할 수 있는 행동의 스펙트럼이 넓은 편이었다. 충격의 역치가 신규 교사치고는 높은 편이었다고 할까. 가령 담배를 피우는 학생을 대할 때 어린 나이에 각종 독성 물질에 중독되었다는 사실이 안

타깝고 빠른 금연을 위해 조력하는 것에 마음이 급할 뿐, 그 아이가 주관적으로 싫어진다거나 학생이 담배를 피운다는 사실 자체가 경악스럽지는 않은 식이었다. 담배 피우는 아이를 불러 적당히 혼내고 언제부터 담배를 피웠는지, 니코틴 함량 몇mg짜리를 피우는지, 지금 하루에 얼마 정도 피우는지, 금연을 시도한 적이 있는지 등을 묻고 학생과 함께 현실적인 금연 계획을 수립한 후에, 단계별로 금연을 시행하지 않으면 생길 문제점들에 대해 이야기했다. 처음에는 더 크게 혼을 냈어야 하는 건가, 더 큰일처럼 꾸짖었어야 하는 건가 싶었지만 혼낸다고 해결될 문제가 아니라는 걸 알고 있었다. 다행히도 내 지도 방식은 꽤 효과가 있었다.

교실에서 자꾸 엎드려 자는 아이들에 대해서도, 수업을 듣게 하려고 마지못해 깨울지언정 이해가 안 되거나 화가 나지는 않았다. 나도 학생 때 흥미 없는 과목 수업 시간에는 피곤해서 종종 엎드려 자고 졸기도 했기 때문에. 10대들에게는 성인보다 충분한 수면이 필요한데, 사회적으로 수면 시간이 보장되지 않는 환경이 근본적인 문제가 아닌가 생각했다.

점심시간에 무단 외출을 하다가 걸려서 쭈뼛대는 아이

들도 나를 그다지 화나게 하지는 않았다. 오히려 "날씨가 좋아서 나가고 싶었겠지. 나도 나가고 싶다. 근데 나도 점심시간에 나가려면 교감 선생님께 허락받아야 돼. 학교는 원래 그런 곳이잖아. 나한테 와서 이야기하고 외출증 끊어, 다음부터는." 정도로 이야기하면 알아듣는 아이들이 대부분이었다. 점심시간에 학교 바깥 산책로를 걷고 싶다는 아이들의 애절한 요청에 아예 아이들을 데리고 근처 산책로로 나가 함께 걸은 적도 있다. 적당히 혼을 내고 교칙에 따라 벌점을 부과하는 등 절차를 따라 지도하면 그만인 일들에 대해서 나는 꽤 너그러운 편이었다.

내가 이상한 선생님이 되는 지점은 자칫 '이해심 많은 널널한 선생님'처럼 보일 수 있지만 어떤 순간에는 화가 많고 엄격한 교사가 되어서 일부 아이들을 어리둥절하게 만드는 때였다. 나는 아이들이 생활을 하며 타인을 배려하지 않거나, 혐오 표현을 남발하거나, 바닥에 아무렇지 않게 쓰레기를 버리고 방치하거나, 아무 데서나 침을 뱉거나, 잘못에 대해 서로 책임을 떠넘기거나, 서로에게 혹은 선생님들께 무례한 언행을 하면 평소와 다르게 엄격하게 지도하고, 집요하게 추후 지도까지 하곤 했다. 나는 '그냥 널널한 선생님'

같은 건 될 수 없었다. 내가 조금 이상하고 엄격한 선생님이라서, 나를 특이하다고 생각하거나 아주 좋아하는 아이들도 있었다. 생각해보면 나는 학창 시절에 나 같은(조금 이상하지만 가끔 멋있어 보이는) 선생님들을 좋아했다. 나도 그분들처럼 하게 될지는 몰랐지만. 그 시절 나는 좋아하는 선생님들께 다가가서 살갑게 말을 붙이고 적극적으로 애정을 표현하는 걸 잘 못했었는데, 요즘 아이들은 대체로 잘한다. 좋아하고 존경하는 마음을 표현해주는 건 참 고마운 일이다.

내가 조금 이상한 선생님이라서, 학창 시절 내내 학교를 경멸하다가 교사가 되어 학교로 돌아오는 바람에 언제나 고민이 많은 사람이라서, 힘겨운 순간들이 더 많았는지 모른다. 교사로 일하면서 매순간 나 자신을 지키는 것이 어려웠다. 나의 자아는 사라지고 사회와 주변에서 요구하는 경직된 교사로서의 자아만 남아야 할 것 같은 압박 속에 숨이 막혀 질식할 것 같은 순간들이 많았다. 교사에 대한 사회적 편견과 제약은 차치하더라도 매일 학교 현장에서 느끼는 피로감과 회의감과 의문들은 내가 이 자리에 어울리지 않는 사람이라서 느끼는 게 아닌가 하는 생각에 자주 괴로웠다.

교사들은 매일 원하든 원하지 않든 학생들에게 잔소리를 늘어놓고 갖가지 사소한 제약을 강요하는 위치에 놓인다. 그것이 잘 맞는 사람이라면 별 탈이 없겠지만, 나의 경우 원하지 않는 잔소리(내가 생각하기에 크게 의미가 없는 것에 대해 의무적으로 해야 하는 잔소리)를 하며 원하지 않는 제약을 학생들에게 걸어두는 게 썩 편하지 않았다. '생각을 하지 말고 해야 할 일을 마쳐야 해' '왜냐고 묻지 말고 하달된 일을 시간 안에 해야 해.' 이런 다짐을 쉴 새 없이 해야만 일을 할 수 있는 사람은 애초에 공무원 조직에 맞지 않는다. 그런데 하필 그토록 답답해하던 학교라는 조직, 그 시스템의 중심에서 공무원으로 일하게 된 나는 매일 이 직업이 안 맞는 게 아닌가 불안해하며 몇 년을 보냈다.

여태껏 나를 지탱해온 건 아이들과 함께한다는 의미, 단 하나였다. 아이들과 한 시절을 함께하고 내가 줄 수 있는 것들을 준다는 것, 세상 밖으로 나갈 준비를 하는 10대 아이들의 삶을 곁에서 응원하고 조력한다는 것, 그런 의미들이 나를 오랜 기간 학교에 남아 있게 했다.

가끔은 교생실습 때 '이 길이 내 길이구나.' 했던 게 착각만은 아니었다고도 생각한다. 업무에 치여 회의감에 한숨을 쉬다가도 아이들의 무구한 웃음을 마주하면 마음이 밝아지곤 했다. 어쩌면 10대 시절 내가 되고 싶어 하던 어른이 되고 성숙한 인간으로 성장하기 위해, 다소 고단하더라도 교직에 몸담는 과정이 필요했는지도 모르겠다.

오직 학교에서만 할 수 있는 경험들이 있다. 수많은 아이들을 마주하며 느낄 수 있는 감정들, 배울 수 있는 특별한 것들이 있다. 수십 명, 수백 명의 각기 다른 청소년들을 매일 마주하고 지지고 볶으며 일한다는 건 그런 것이다. 오직 이 순간, 이 공간에서, 이 아이들과 함께하기 때문에 겪는 경험, 추억, 딜레마, 분노, 슬픔, 기쁨, 좌절, 보람 등 격동하는 그 모든 감정과 경험들이 매 순간, 매일, 매년 겹겹이 쌓여가는 것이다. 그것이 어떤 섬세하고 특수한 통찰을 가능하게 하고 그 통찰로 인해 삶이 깊어지고 기뻐지기도 하지만, 슬퍼지고 고통스러워지기도 한다. 자라나는 다양한 인간의 군상을 가까이에서 관찰하며 역동하는 가능성과 공존하는 다양한 어둠과 좌절도 본다. 학교에서 일하기에 경험하는 극한의 감정 소모와 스트레스, 특수하고 밀도 높은 기쁨과 카타르시스가 공존한다. 돌이킬 수 없이 소진되는 것 같다가도 금세 마음에 새살이 돋는 것 같던 나날들이었다.

"너무 고민이 많으면 교직 생활을 지속할 수 없다"고 내게 조언해주었던 선배가 있다. 나의 마음은 알지만 그 마음과 의지만으로는 내 삶을, 직업인으로서의 매일을 지탱할 수 없기에 고민을 멈추어야 할 때도 있다는 말이었다. 학교에서 마주하는 거의 모든 상황이 나를 고민에 빠뜨렸다. 학생들의 자유와 권리가 어디까지 확장되고 어디까지 제한되어야 하는가에 대한 고민, 노동자로서 교사의 노동권과 추락한 교권에 대한 고민, 교육이 나아갈 방향에 대한 고민까지, 모든 순간에 나는 의문을 품고 괴로워하고 더 나은 방향으로 걸음을 내디디려고 분투했다.

학교는 그렇게 나를 고뇌하게 만드는 곳이며, 동시에 살피고 이끌어야 할 10대 청소년들로 가득한 곳이었다. 언제나 벗어나고 싶지만 동시에 쉽게 떠날 수 없는 곳이었다. 세상이 빠르게 변하는데도 학생들과 학교는 여전히 입시에 매몰되어 있고 구시대의 유물들이 잔재하고 교권은 바닥이고 물가는 치솟고 워라밸은 간 데 없는 상황 속에, 그럼에도 불구하고 학교에서 일하며 나의 20대를 모두 바친 것은 그곳에 아이들이 있기 때문에, 그곳에서 분명한 희망들을 볼 수 있었기 때문이다. 그 희망은 모두 아이들이었다. 학교가 폐허처럼 느껴지는 날도 있었지만, 그래도 아직 세상에는 좋은 사람이 더 많다는 것을, 좋은 일들은 분명하게 일어나고 있다는 것을, 아이들을 보면서 느낄 수 있었다.

내가 좋아하는 배우 김태리가 2017년 한 신문사와의 인터뷰에서 이런 말을 했다.

> “모든 사람이 언제든지 자신이 하는 일에서 도망칠 수 있다는 생각을 했으면 좋겠어요. ‘정답은 이거 하나뿐이다’라는 생각이 환기되지 않으면 삶이 너무 힘들잖아요. 저도 연기를 언제 때려치울지 몰라요. 그렇게 생각하지 않으면 오래 못할 것 같아요. 정말 도망쳐야겠다고 확신이 서면 그땐 다른 고민을 해야겠죠.*

그의 말을 지금도 종종 떠올린다. 힘든 시기에 나에게 방향성을 제시해주고 큰 힘이 되어준 말이다. 언제든 도망칠 수 있다는 생각은 중요하다. 정답은 이거 하나뿐이라는 생

* 〈문화일보〉, 2017. 12. 26. ‘〈한국영화 미래를 보다〉 김태리’

각에 갇혀 괴로워하고 숨 막히는 기분을 느끼지 않아야, 오히려 더 오래 지속할 수 있고, 더 잘해낼 수 있다. 나는 그렇게 완전히 무너지지 않고 스러지지 않고 웃으며 학생들을 마주하며 최선을 다할 수 있었다.

닫는 글
Epilogue

함께이기에 빛나던 우리를 추억하며

이 책을 쓰는 동안 많은 변화가 있었다. 원고가 다 마무리되기 직전에 나는 교직을 떠나는 선택을 했다. 그로써 이 책에 담은 글들은 회고록이 되었다. 여기 담은 기록들은 그래서 더 애틋하고 선명하다. 아이들과 함께한 날들을 돌아보면 추억 하나하나가 영원히 온기를 간직한 작은 조약돌 같다. 그 따뜻하고 올망졸망한 조약돌들을 예쁜 자수가 놓인 주머니에 모아 담아두고 하나씩 만지작거리며 꺼내보는 기분. 그 작은 온기들이 손끝부터 심장 깊숙한 곳까지 퍼지는 기분.

학교를 떠나오며 그간의 기록들을 하나하나 정리하면

서, 이전에 담임을 맡았던 아이들에게 2022년에 썼던 편지글을 발견했다. 코로나19 시기를 함께 견딘, 유난히 애틋했던 2020년의 아이들. 아이들에게 전하지는 못했지만, 홀로 써내려간 편지에 나의 지난 교직 생활에 대한 소회가 다 담겨 있는 것 같아서 이곳에 옮겨본다.

오래도록 사랑하는,
덕분에 가장 많이 웃었던 2020년의 2학년 1반에게

졸업을 하고도 종종 연락을 하고 찾아오는 너희들 덕분에 담임직을 내려놓은 작년도 올해도 나는 계속 '우리 반' 아이들이 든든하게 있는 담임교사 같아. 3년째 2학년 1반 담임으로 사랑받는 기분은, 너희들과 함께한 시간의 여운이 그대로 남은 채로 세월이 흐르는 것 같아서 참 좋다. 언제든 깔깔 와르르 잘 웃는 너희들 한 명 한 명 덕분에 나도 다른 선생님들도 힘들었던 2020년을 많이 웃으면서 보냈어. 학교에 복직하고 너희를 마주했을 때, 학교로 돌아오길 참 잘했다고 생각했어. 너희가 졸업할 때는 대견하면서도 마음이 어찌나 섭섭하던지, 너희가 없는 이 학교는 내가 알던 공간이 아닌 것 같아서 생소하고 헛헛하더라.
모두 잘 지내고 있지? 오늘 찾아온 몇 명이 나머지 친구들 소식도 전해줬어. 성인이 되고 대학생이 되거나 일터로 나가서 각자 삶을 꾸려가는 너희 소식을 전해 들으면서, 3년간 너희를 보며 느꼈던 애틋함, 다정함, 기쁨, 희망을 떠올려. 한 명 한 명 생각할 때마다 너희는 어디서든 건강하게 웃으며 지낼 거라는, 좌절하는 일이 있어도 금방 훌훌 털고 일어날 거라는, 멋진 어른이 될 거라는 확신이 들어. 너희들의 건강한 웃음과 밝은 마음이 내 마음도 더 밝고 건강하게 만들었어.
긴 생을 놓고 보면 아주 잠깐의 시간이었지만, 우리가 함께한 2020년의 시간들이 삶에 이따금 찾아올 힘든 날들에 위로가 되고 힘이 되는 추억이기를 바라. 그때 우리가 같이 찍은 사진들이 지금도 내 교무실 책상에, 컴퓨터 바탕화면에, 내 방 서재 책상에 자랑스레 놓여 있어. 너희가 내 마지막 담임반 제자들이야.
너희는 사랑스럽고 긍정적이고 쾌활하고, 자유분방하면서도 성실한 아이들이었지. 너희는 '쿨하다'는 표현이 가장 잘 어울리는 아이들이었어. 최선을 다하고 결과가 생각만큼 좋지 않아도 '이만큼 했으니 만족한다'고 활짝 웃을 수 있는 사람은 생각보다 많지 않아. 내가 가장 기분 좋을 땐 '담임 선생님이랑 반 애들이 닮은 것 같다'는 말을 들을 때였어. 나랑 우리 반은 긍정적인 면에서 많이 닮아 있었고 그게 다른 사람들한테도 보인다는 게 기뻤어. 우리 반 아이들은 어쩌다 지각을 하는 애들도, 자다가 원격수업 접속을 놓치던 애들도, 내 잔소리에 싫은 티 한 번 낸 적 없었지. 매번 지적받은 건 고치려 노력하고, 매일 어떻게 하면 하루를 더 재밌게 보낼까 고민하고, 지루한 수업도 쾌활하게 잘 버텨내는 아이들이었지. 우리는 끼가 많고 리더십 있는 아이들과 섬세하고 기꺼이 조력하는 아이들의 합이 잘 맞는 반이었어. 한 명 한 명 역할을 너무 잘해줘서 한 해 동안 정말 든든했어. 너희가 나한테 감사하다고 했던 만큼, 그 마음들을 다 모은 만큼 내가 너희들에게 고마워.

찾아온 몇몇 아이들이 2학년 때가 제일 좋았다고, 그때로 다시 돌아가고 싶다고 말했을 때, 참 애틋하고 나도 같은 마음이 들었어. 코로나19 때문에 학교 안팎으로 어수선했지만, 너희를 만나서 정말 다행이었고 행복했어. 팬데믹 시국이 아니었다면 너희와 3월 2일 새 학기 첫날부터 교실에서 함께 웃으며 보냈을 텐데, 1학기 시작을 한 달 넘게 얼굴을 마주하지 못한 채로 보내서 정말 아쉬웠다. 짧은 1년 동안 우리는 참 멋졌어. 어떻게든 기분을 내보겠다고 교실 벽과 창문에 할로윈 장식을 하고 크리스마스 장식을 하던 너희들 덕에 우리 반은 항상 반짝였고 모두가 즐거워했지. 우리가 체육대회도 하고 수학여행도 가고 축제도 했다면 매일을 더 파티처럼 보낼 수 있었을 텐데, 멋짐이라는 게 폭발했을 텐데…. 물론 코로나 시국에도 우리는 다 같이 언제나 멋있었다.

너희가 내 생일에 학교 선생님들한테 비밀리에 롤링페이퍼를 돌려서, 서로 잘 모르던 동료 선생님들까지 내게 생일 축하 메시지를 남겨준 그 거대한 종이는 아직도 잘 간직하고 있어. 동료 선생님들이 "아이들이 선생님 위하는 마음이 참 예뻐요, 부럽습니다." 하고 남겨준 문구에 어찌나 감사하고 마음이 뿌듯했는지 몰라. 좀 멋쩍기도 했지만 직장에서 생일 축하를 동료들의 자필로 받을 수 있는 건 아무나 할 수 있는 경험이 아니고, 너희 덕분에 할 수 있었던 멋진 경험이지. 나에게 멋지고 즐거운 순간들을 많이 선물해줘서 고마워.
2020년의 우리들을 오래도록 기억하자. 지금 연락이 닿는 친구들도, 멀리서 소식만 전해 듣는 친구들도, 소식을 알 수 없는 친구들도 내가 모두 같은 마음으로 언제나 응원하고 있다는 걸 기억하렴. 어디에 있든 건강하고 평안하길. 너희가 있어 지난 세월이 아깝지 않아.

지난 시간들을 돌아보며 한 시절마다 얼마나 많은 이야기들과 추억과 기쁨, 고민과 웃음들이 있었는지 알았다. 함께이기에 빛나던 우리들은 잠시 잠깐의 시절을 추억으로 간직하고 미래로 나아간다. '수업이 추억이 될 수 있을까' 하는 내 고민을 아이들과 함께 풀어나갈 수 있었음에 무한히 감사한다. 바스러지지 않도록 그 추억들을 기록할 수 있음에도, 당신에게 전할 수 있음에도 감사한다. 혼자 남겼던 수신인 없는 편지도, 이곳에 적었으니 당신에게도 그리고 2020년의 아이들에게도 이제는 전할 수 있겠다.

숨쉬는 영어교실
언어로 연결되고 넓은 세상을 발견한 고등학교 영어 수업 이야기

초판 1쇄 발행 2024년 8월 10일

지은이 **신수영** | 펴낸이 **임경훈** | 편집 **윤정아**
펴낸곳 **롤러코스터** | 출판등록 제2019-000296호
주소 서울시 마포구 월드컵북로 400 서울경제진흥원 5층 17호
이메일 book@rcoaster.com | 전화 070-7768-6066 | 팩스 02-6499-6067

ISBN 979-11-91311-47-1 03810

롤러코스터
Rollercoaster
Press